Anaïs Meier, geboren 1984 in Bern, studierte Literarisches Schreiben am Schweizerischen Literaturinstitut in Biel. Ihr Kurzgeschichtenband *über Berge, Menschen und insbesondere Bergschnecken* erschien 2020 bei mikrotext. *Mit einem Fuss draussen* ist ihr Debütroman. Sie schreibt die Kolumne „Aus dem Réduit“ für die Fabrikzeitung in Zürich und gehört dem Autorinnenkollektiv RAUF an.

ANAÏS
MEIER

MIT EINEM
FUSS DRAUSSEN

Das Buch wurde unterstützt durch SWISSLOS/Kultur Kanton Bern, durch die Fachstelle Kultur der Stadt Bern, durch die Fachstelle Kultur der Stadt Zürich sowie durch die Fachstelle Kultur Kanton Zürich.

Lektorat: Helge Pfannenschmidt
Umschlaggestaltung und Satz: Guerillagrafik
Druck und Bindung: PBtisk, Příbram

ISBN 978-3-86391-296-3
www.voland-quist.de

ANAÏS MEIER

MIT EINEM FUSS DRAUSSEN

Für Ursli

„I'm a loner
Been a loner
since high
school
And a loner
ain't no fool"

Daniel Johnston

I

Ich atme in den Schilfbast.
Ich atme in den Schilfbast und hoffe, dass sie mich nicht sehen. Haben sie aber.
Hier, im hinteren Bast des Sees. Gleich werden sie mich herausholen, aber vorher werden sie noch ihre Gummihosen anziehen müssen, weil sie ohne nicht Mann genug sind.
Wie ich hierhin gekommen bin, in der nassen Erde liegend, ganz kalt am Bauch – ist alles die Schuld vom Fuss, der im See ist.
Es ist mein Selbstverständnis, ihn herauszuholen und zu untersuchen, woher er kommt und was er will.
Ein Zischen, ich schaue nach links. Da ist die Ente und sie lacht mich aus. Wie ich hier liege, ist die Ente plötzlich grösser als ich. Der Fuss ist nah, aber zu weit weg.
Jetzt kommen sie aus ihrem Vereinshaus.
Ich will nicht, dass sie den Fuss sehen. Die dürfen meine Mission nicht kennen, die verpfuschen mir nur alles, ich mache das alleine.
Sie kommen näher.
Ich robbe weg, durch die Erde und alles, der Bast ist nicht dicht genug, ich bin wohl visuell auszumachen.
Angst klopft in den Schlamm.
Jetzt sehe ich ihre Gesichter, ich krieche rückwärts und greife in den Schmutz der Böschung. Ziehe mich am Bast, am Schilf, hoch und renne weg. Die kriegen mich nicht, die nicht.

*

Wie ich gerannt bin, raus aus dem Park, der Park, in dem der See ist, bin ich hinten über den niedrigen

Drahtzaun gehechtet. Zum Baugrund, und habe mich hinter die Büsche gekauert. Eine Position, wie sie eigentlich nicht wünschenswert ist für einen über fünfzigjährigen Mann.
Es hat noch nicht allzu viele Blätter am Gebüsch, es ist ja erst Anfang April. Hinter mir ist ein riesiges Loch im Boden, sie wollen da Mehrfamilienhäuser bauen. Aber sie fangen nie recht damit an, ja nu, umso besser, jetzt habe ich hier ein schönes Versteck. Ich linse durch die spärlichen Blätter und Zweige und sehe, wie die vom AFS, wie die in ihren Gummihosen im See herumstehen und die Köpfe hin und her bewegen, wie sie mich suchen. Die habe ich fürs Erste ausgetrickst, die AFSler. Anglerfischer Schweiz, die haben sich noch nie durch Intelligenz hervorgetan, nur durch Biertrinken und dumme Sprüche, den ganzen Tag.
Von hier überblicke ich den Park doch recht gut, und mich sieht niemand, das ist auch gut. Aber ich sehe mit meinem Fernglas die anderen ganz hervorragend! Ich sehe die Jugendlichen, wie sie auf dem Steg sitzen und die Cannabis-Zigaretten hinter ihre Rücken halten, ich sehe die Ente, wie sie mit gleichgültigem Blick zwischen den Gummihosen vom AFS Slalom schwimmt. Die Ente immer, mit ihrem Etepetete-Gehabe, die denkt wohl, sie sei was Besseres.
Jetzt steigen die ersten wieder aus dem Wasser und gehen zurück zu ihrem Vereinshaus, wo sie immer vornedran sitzen und in die Welt glotzen. Die Vereinshütte ist nicht weit, der Park ist ja klein. Er hat keinen richtigen Namen. Er heisst einfach nach dem See, weil viel mehr ist da nicht: der See, der Egelsee, ein Weg, die Vereinshütte, ein Steg in den See, drei Bänke am Weg und Bäume. Der See hat die Form einer Niere.

Das alles sehe ich von hier. Ich kenne den Park gut, wie auch den See. Ich bin jeden Morgen und jeden Abend hier, um meine Balance- und Atemübungen zu machen. Es ist der Flamingo, den ich immer mache. Dann gehe ich eine symbiotische Beziehung zum See ein und habe Kontakt zum Universum.
So halte ich das alles hier im Gleichgewicht. Aber mir sagt ja nie jemand Danke, nie. Niemals kommt einer und sagt, Danke Gerhard, das hast du jetzt aber gut gemacht, Supergerhard, du. Das bin ich. Ich bin Gerhard.

*

Seit der Fuss im See ist, kann ich meine Übungen nicht mehr machen. Er stört das Gleichgewicht der Umgebung. Ich verliere die Balance und muss immer wieder abstehen. Was nicht elegant aussieht, den Flamingo mit zwei Beinen machen. Das zeigt, es stört den See, wenn der Fuss da drin ist. Der See wendet sich an mich und fragt mich um Hilfe. Das geht, weil ich ein hypersensibler Mensch bin. Ich habe Kontakt zu den Dingen.
Ich muss den Fuss also aus dem See schaffen. Erstens um dem See zu huldigen, aber auch, weil ich dann herausfinden kann, wem er gehört. Dann bin ich Kommissär und kläre einen Kriminalfall auf, das passt schon lange zu mir. Die zuständige Vertreterin des Gesetzes wäre ja eigentlich die Securitas-Sicherheitsangestellte Blüehler, aber der steht die Faulheit ins Gesicht geschrieben und auf die fetten Hinterbacken. Ich sage der sicher nichts vom Fuss, den hole ich selber und dann heimse ich die ganze Anerkennung ein. Einmal hatte Blüehler sogar den Hosenstall offen und ich habe ihr nichts gesagt!

Blüehler hat einen Hund, einen Collie. Er heisst Grimsel und ist eigentlich ganz in Ordnung. Aber ich verstehe nicht, was er mit der will. Der könnte sich eine viel bessere suchen! Grimsel hat Streit mit der Ente, deshalb verstehen wir uns.
Die Ente regt mich ungemein auf. Ich mache immer so Geräusche, um sie zu nerven, aber so, dass es die Leute nicht merken. Ich weiss auch nicht, vielleicht hat sie den Fuss schon gesehen, aber das würde sie mir nicht sagen. Manchmal habe ich Angst, die schwimmt da raus und stiehlt mir den Fuss oder macht ihn kaputt, am Schluss frisst sie den noch auf!
Ich glaube, noch bin ich der Einzige, der den Fuss gesehen hat. Obwohl der so poppig und farbig leuchtet, er steckt nämlich in einem Turnschuh. Einem für Männer, mit mehrfarbigen Schuhbändeln, die eine gute Stimmung machen, so stelle ich mir die vor. Aber so nahe bin ich ja noch nicht herangekommen, nur fast.
Vor einer Woche war das, als ich den Fuss das erste Mal gesichtet habe. Da war es noch März, jetzt ist es April und es wird wieder wärmer. Dann installieren die vom AFS ihre Liegestühle und stecken Aschenbecher in den Boden, die sie bestimmt im Sommer-Freibad gestohlen haben. Dann liegen sie den ganzen Tag in den Liegestühlen herum, trinken Bier aus Dosen und verhöhnen mich mit Sprüchen. Immer wieder wird es April, jedes Jahr.

*

Nun bin ich wieder hier, zu Hause in meiner Klause und sinniere bei einem guten Thymiantee. Es ist Thymianwoche, nächste Woche ist wieder Salbei. Ich freue

mich auf den Salbei! Aber das nur nebenbei.
Es ist doch so: Mit einem Fuss draussen weiss man nicht, wo man steht! Man muss ihn einholen und genauer untersuchen.
Ich habe es bis jetzt mit einem langen Stockast versucht, mit einer Angelrute und einem Netz, aber er entgleitet immer. Es wäre ja einfach, wenn ich ein Boot wässern könnte, aber die Statuten vom See verbieten das. Also bin ich vor einigen Tagen zu denen vom AFS, um ihre Geräte zu fordern, weil die dürfen ja in den See.
Vor dem Häuschen waren einzig Kevin, der gewalttätige Junior, und Krückenpatrick, der zum Abstützen seines Übergewichts immer eine Krücke dabei hat. Krückenpatrick ist der neue Freund von Blüehler, ich musste also achtgeben. Kevin und Patrick werden höchstwahrscheinlich an Leberinsuffizienz sterben, weil sie hatten schon wieder ein Bier in der Hand. Ich fragte nach Boot und Rechen, ich hätte etwas zu tun, im See.
Die beiden waren kurz ruhig, um die Räder in ihren Oberstübchen ins Getriebe zu bringen. Dann machten sie die Schlünde auf und heulten. Sie nennen das Humor, ich habe das schon mal erlebt. Kevin verschluckte sich und lief rot an. Ich hoffte kurz, dass er erstickt. Dann sagte Krückenpatrick, der See werde irgendwann Mitte, Ende Frühling gesäubert und fertig.
Gestern habe ich die Gummistiefel angezogen, mit dickem Plastikklebestreifen zu den Hosen abgedichtet und weiter hoch, bis über den Bauchnabel, alles wasserdicht verklebt. Dann habe ich einen langen Stockast genommen und bin in den See gewatet, am Ufer entlang nach hinten, bis zum Bast, durch den der Fuss mit dem Schuh grell und farbig leuchtet.

Normalerweise lassen mich die vom AFS, aber siehe da, will ein Bürger etwas Gutes tun, sind sie sofort von ihren Liegestühlen aufgesprungen und haben mir gesagt, ich solle herauskommen. Natürlich bin ich nicht heraus, also sind sie hinein, aber zuerst mussten sie ihre blöden Spezialhosen anziehen, und als sie damit fertig waren, da bin ich schon fast beim Fuss gewesen. Der gewalttätige Kevin hat noch mit Steinen nach mir geworfen, sobald ich den mal alleine erwische, bekommt der mit dem Stockast eine Tracht Prügel, ich bin ja jetzt Kommissär.
Und dann war ich eben hinter den Büschen beim grossen Loch im Bodengrund. Ich muss mir alles genau überlegen, es geht hier schliesslich um einen Fall. Auch geht es darum, für Ruhe und Ordnung zu sorgen. Wenigstens im Park.
Weil hier bei mir zu Hause ist immer Lärm, das Haus ist alt und wie von Rockytocky und wir haben alle nur eine Einzimmerklause. Lange ging es gut, ich wohne seit zwanzig Jahren hier. Viele Süchtige waren es früher, und Punkfrisuren. Die sind mir alle recht, nur nerven sollen sie mich nicht. Aber jetzt sind junge Männer einer kriminellen Schlägergruppierung eingezogen. Als Gruppierung erkennbar machen sie sich durch ihre Uniform. Alle tragen dieselben weissen Turnschuhe und längsgestreiften weissen Trainerhosen, obwohl denen ihre Einstellung ganz und gar nicht sportlich ist. Zuerst war es nur einer, über die letzten Jahre wurden es immer mehr, und ehe man sich versieht, ist das ganze Haus voll mit denen!
Jede Nacht lärmen sie unter meinem Fenster, jede Nacht. Man hört hier alles, was die anderen tun. Das

Haus hätte schon längst abgerissen werden sollen, aber die Herren Architekten haben wohl Angst, hierherzukommen und alles zu vermessen. Jedenfalls kriege ich jedes Jahr einen Brief, in dem steht, dass das Haus noch ein weiteres Jahr stehen bleibt. Und jedes Jahr wird es schlimmer mit den Bewohnern. Hier kann ich nichts mehr ausrichten, aber der Park, der kann mein Garten Eden sein.
Wie ich das alles denke, beschleicht mich ein ungutes Gefühl. Was, wenn der Krückenpatrick gelogen hat mit dem Datum der Seereinigung? Unbedingt muss ich den Fuss selber einholen, bevor die möchtegernischen Angelfischer mit ihren Rechen zwischen die Tiere steigen und ihre Sprüche in den See streuen. Ich muss herausfinden, wann sie dieses Jahr rechen werden, um ihnen zuvorzukommen. Dazu muss ich ins Internet surfen, dort haben die vom AFS einen Fotoklick-Kalender.

*

Ich bin auf dem Weg. Wieder zum Park, zum See. Ich muss ja in das Internet hineingehen, als Nächstes. Das Internet, finde ich, ist eine tolle Sache, das hätte ich mir erfinderisch ausdenken sollen, wie ich mir vieles ausgedacht habe. Aber das Internet, nein, das habe ich nicht geschafft, dass das meiner Hirnstruktur entsprang. Was in mir grosse Ehrfurcht auslöst.
Jedenfalls weiss ich, dass die Jugendlichen solche Smartphones haben, und es entstand in mir das Gedankengut, dass ich mich mal zu denen geselligen werde. Zwar rufen sie mir manchmal Blödheiten zu, wenn mir der Flamingo nicht recht gelingen will, aber das ist sel-

ten und ansonsten lassen sie mich in Ruhe. Ausserdem sind sie wegen ihren Cannabis-Zigarettenstummeln in ewigem Zwist mit dem AFS. Ich habe anno dazumal auch noch solche geraucht, da nannte ich sie Jazz-Zigaretten. Wie Kerouac on the Road, sozusagen. Aber das war damals. Heute ist das Internet.
Überhaupt bin ich derjenige, der denen immer die Stummel aufsammelt und in die Tonne wirft, die können sich auch mal dankbar zeigen. Dass die den Fuss noch nicht gesehen haben. Vielleicht haben sie ihn schon gesehen.
Ich schlurfe also zu den Jugendlichen, extra langsam, ich weiss genau, wie was cool wirkt. Ich denke mir so eine Dungdedungdedung-Musik, wie in den Krimis, oder wenn jemand Cooles zum Beispiel über ein Stück Rasen geht. Dann muss man so gehen, als wären die Beine ein bisschen wie aus Gummi, und das Gesicht muss man gleichgültig halten.
Die Jugendlichen blicken mich an. Ich blicke zurück und sage nichts. Das habe ich gut gemacht. Dann frage ich sie, wer der Anführer sei. Sie lachen, aber dann schauen alle zu einem grossgewachsenen Buben mit einer Kreiselbrille, wie sie früher die Hippies hatten, es sind gute Brillen, finde ich. Sie machen lustig. Der Anführer hat alte Rollschuhe an und liegt irgendwie unbequem auf dem Steg, irgendwie weil er zu gross ist für alles. Ich wende mich also an ihn, Corsin heisst er. Ich sage: „Corsin, es ist Krieg. Es ist Krieg, hier im Park." Corsin sagt, er möge Spinner, die seien nicht so wie seine Eltern. Ich sage: „Corsin, ich erlaube euch, mir bei meinen Ermittlungen zu helfen, unter meinem Kommando." Er sagt, seine Eltern seien beide total konservativ. „Corsin", sage ich. Ich sage: „Corsin, im See liegt eine Leiche."

⁕

Ich weiss nicht, warum ich Leiche gesagt habe. Corsin sagt jedenfalls nichts mehr. Ein Mädchen mit pinkfarbenem Haar beginnt, vom Kraut benebelt, zu kichern. Ich korrigiere mich umgehend: „Also keine ganze Leiche in dem Sinn, aber ein Fuss." Ich sage: „Die Leiche muss aber auch irgendwo sein." Das wird mir da grad wie klar, in diesem Moment, dass hier ja auch irgendwo eine Leiche sein muss!
„Wo", sagen die Jugendlichen.
„Dort hinten, im hinteren Bast", sage ich. Und sie schauen. Das Mädchen sagt, das sei Schilf. So was mag ich gar nicht und mir fällt auf, dass das Mädchen eigentlich wie ein Giftzwerg aussieht, mit ihrem dummgrell gefärbten Haar. Doch da erinnere ich mich der Frisuren, die ich als junger Gerhard getragen habe, und beschliesse, ruhig zu verbleiben.
Also, die Jugendlichen schauen. Und sie sehen den Fuss. Sie sehen den Fuss und sagen definitiv gar nichts mehr. Das habe ich gut gemacht.
Dann erkläre ich, wie wichtig es eben ist, in das Internet zu surfen, wegen wann die Angelfischer den See sieben. Die Jugendlichen schauen zum Mädchen mit Kaugummihaar. Die öffnet den Rucksack, holt ein Smartphone hervor und schiebt ihren Finger darauf herum. Und dann zeigt sie uns die ungeheuerliche Wahrheit: Der AFS hat das Datum der Seereinigung vorverlagert. Dieses Jahr sieben sie schon Anfang April, in sechs Tagen, um genau zu sein.
Da spüre ich eine Schwäche in mir aufsteigen, die sich wie Gallensaft anfühlt und mir die Augen zuschleiert,

dass ich die Scheibenwischer einschalten muss. Ich mich hinsetze und wohl etwas desolat den Eindruck mache. Die Jugendlichen schauen mich mit grossen Augen an, dann schiebt sich Corsin zu mir und nimmt mich in seine Arme. Zuerst will ich ihn wegstossen, aber wie ich ihn anschaue und er einfach nur nett aus seiner lustigen Kreiselbrille zurückblickt, lasse ich es sein. Wie ich mich etwas beruhige, hören mir die Jugendlichen genau und gut zu. Ich erzähle vom Fuss, vom AFS, von meinem Plan. Sie nicken und schauen einander und mich an und sagen, dass sie mir helfen würden. Und dann sagen sie auch noch, sie seien jetzt meine Freunde. Wir verabreden uns für morgen, selbe Zeit, Steg.
Das euphorisiert mich ganz erstaunlich, wie ich von den Jugendlichen davonschreite. Zu wissen, in ihnen nun eine treue Helferschaft hinter meinem alten Rücken zu haben. Ich falle wieder in den Gummibeinschritt und gehe cool am Häuschen vom AFS vorbei. Vor dem Parkausgang treffe ich die Ente. Normalerweise würde ich ihr eine Beleidigung zischen, aber so, so frohgemut, grüsse ich die Ente nur höflich.

*

Es ist Nebel über dem See und es nieselt. Jetzt, da ich die Ente mal brauchen könnte, glotzt die mich natürlich nur wieder blöd an. Ich sollte dieses Vieh im See ertränken, aber ich reisse mich zusammen und tue nett, denn ich habe Gefallen gefunden am Gedanken, Gehilfen und Kameraden zu haben. Auch spüre ich, die Ente weiss etwas oder gar viel, sie ist ja immer im Park

und beobachtet alle. Das vermute ich stark, obwohl sie immer tut, als würde sie sich nur um sich selbst kümmern. Ich versuche mich also ein bisschen in Entenschmeichelei und buttere ihr den Honig gleich pfundweise an den Bürzel. Ein kleiner Knicks für ihre Majestät Ente hier, eine kleine Verbeugung da, ich übertreffe mich geradezu selbst.
Der Grund für meine übertrieben verzweifelte Verhaltensweise: Der Fuss ist weg. Jedenfalls ist er nicht mehr dort, wo er vorher war, ich habe schon den gesamten hinteren Bast durchkämmt. Ich war der Kamm, und zwar ein feinsteckiger, und der Bast war das Haar des Rätsels, das mysteriöse Haar. Man müsste jedes einzeln rausziehen, bis es dem Park so weh tut, dass der mir endlich sagt, was das für eine Sache ist mit dem Fuss.
Jetzt bin ich also bei den Büschen, es ist Nachmittag. Das sagt die Sonnenuhr, die ich um den Hals trage. Ich habe die Sonnenuhr selber gefertigt, als ich vor zehn Jahren bei den Ureinwohnern in Nordamerika war. Ich habe mir fast alles selber beigebracht und ich werde auch herausfinden, was das für kriminelle Machenschaften sind, die in diesem Park walten, und die werde ich dann stellen, ein Bein werde ich diesen Machenschaften stellen, dann fallen sie um und ich halte sie fest und sie haben Ehrfurcht vor mir und sagen, Gerhard, Herr Kommissär, Sie haben gewonnen, Sie schlauer Fuchs. Das ist nämlich, was ich bin.
Der schlaue Fuchs durchkämmt also den ganzen Park und die Ente watschelt nebenher.
Jetzt beginnt es richtig zu regnen. Der Schirm ist mir kaputtgegangen, normalerweise bleibe ich dann zu Hause und löte und flicke, ich hatte noch nie einen

anderen. Aber jetzt ist das anders. Ohne Deckel muss ich mich dem versauerten Regen aussetzen, er hat mir schon drei Haare weggeätzt, ich habe es genau gespürt. Ich gehe kurz in den Laden, der exotisches Gemüsekraut feilbietet, und nehme mir einen der hellblauen Plastiksäcke. Den skulpturiere ich auf dem Kopf zu einem Helmschutz. Der Verkäufer lacht und macht ein Handzeichen, das den Daumen nach oben betont. Ich hebe den Fuss und mache mich vom Feld.

Zurück zum Tatort. Ich verbringe den Nachmittag einigermassen friedlich, wegen dem Regen bleiben die vom AFS in ihrem Häuschen.

Die Jugendlichen kommen nicht. Ich bin enttäuscht. Ich bin mehr als enttäuscht, es macht mich traurig, so was. Es heisst ja immer, die Jugend sei zu nichts nutze. Aber ich dachte, das sagen die Leute nur, weil als die, die das sagen, jünger waren, waren sie ja auch mal Jugendliche! Ich zum Beispiel war gar nicht gern jugendlich, immer war der Lehrer mit mir am Schimpfen, trotzdem rufe ich jetzt nicht hinter den Jugendlichen her.

Ausser hinter Kevin. Aber der hat ein bösartiges Wesen. Einmal habe ich gesehen, wie er nach der Ente getreten hat. Die Ente hat mir fast leid getan.

Der Regen macht ständig mein Vergrösserungsglas nass. Im Vereinshäuschen hören die vom AFS Hardrock-Musik. Alle sind in ihren Häusern und tun nichts, allen ist alles egal. Und ich, ich krieche hier mit der Ente durch den Schlamm, alles dreckig, will ein Verbrechen aufklären – und was ist der Dank? Nie dankt mir jemand. Im Auftrag der Welt handle ich, und die Welt macht nichts und lacht mich aus. Ich bin der Affe hier, immer bin ich der Affe.

Mir wird klar, dass ich jetzt niemanden mehr habe ausser der Ente. Davon und überhaupt wird mir ganz elend.

*

Es hat mir die Ente dann aber doch noch ein spannendes Geschichtlein erzählt. So wie ich das sehe, stinkt der Mist beträchtlich in den Wind, und zwar aus dem Vereinshaus vom AFS, so viel ist klar. Gegenwärtig gehe ich heute und morgen nicht in den Park, die Herrschaften veranstalten dort nämlich ihr Theater, wenn sie mit den Rechen in den See steigen und sich als unglaublich wichtig betrachten.
Nein, die Tage bleibe ich zu Hause in meiner Klause und bereite meinen Coup vor. Weil das Fass ist voll, mit dem, was mir die Ente erzählt hat. Um mich vorzubereiten, intensiviere ich meinen Tagesrhythmus. Ich bin vom Thymian- auf den Salbeitee umgestiegen. Er wird mir die nötige Kraft verleihen.
Morgens bin ich jetzt immer schon vor dem Wecker wach, dann muss ich den Oberkörper wieder zurückschlagen und die Augen zukneifen, damit es der Wecker nicht merkt. Egal wie es um den See und den Fuss und alles steht, mit seinem Wecker will man sich nicht anlegen. Dann höre ich dem Radio zu und nehme den Tee, die letzten zwei Schlucke gurgle ich und spucke sie aus dem Fenster. Wer weiss, vielleicht treffe ich einen der kriminellen Schlägergruppierung.
Und das ist, was mir die Ente erzählt hat: Die Jugendlichen wurden mir gar nicht abtrünnig, sie wurden stummgeschaltet. Und zwar von Blüehler. Es ist alles sinn- und stichhaltig. Man könnte sagen, jeder Weg führt zu Blüehler.

Die Jugendlichen haben mir gesagt, sie würden mir helfen. Damit meinten sie sofort. Es wird mir traurig, wenn ich daran denke, hätten sie doch auf meine Befehle gewartet.
Noch in derselben Nacht versuchten es die Jugendlichen auf eigenes Tun. Sie wollten auf dem Baugrund warten, bis niemand mehr im Park war. Im Vereinshaus brannte aber noch Licht. Das Mädchen ging vor und linste durch das kleine Fenster. Es war Patrick, der betrunken im Sessel vor dem Vereinsfernseher schlief. Im Fernseher sangen die Scorpions „Wind of Change". Das Mädchen winkte lautlos, sodass die anderen wussten, dass vom AFS gegenwärtig keine Gefahr ausging. Dann kletterten sie im Schwarzdunkel über den Zaun. Corsin blieb mit einem Rad seiner Rollschuhe hängen. Es gibt überall Spuren, die den Tathergang bezeugen, die Ente hat sie mir gezeigt.
Dann versuchte das Mädchen mit dem pinkfarbenen Haar den Fuss mit einem Stockast zu erwischen. Das klappt nicht, ich hätte es ihr doch sagen können. Sie legte sich auf den Bauch und rutschte immer weiter nach vorn, um den Fuss endlich zu erreichen!
Derweil suchten die drei Buben und Corsin in den Büschen nach der Leiche. Weil Corsin mit seinen Rollschuhen auf dem Rasen nicht gut fahren konnte, und auch weil sie alle von den Jazz-Zigaretten sehr benebelt waren, fiel er immer wieder hin und die Buben halfen ihm aufzustehen – und dann fällt das Mädchen in den See. Ach, ich habe es kommen sehen. Sie könnte ja meine Tochter sein, wenn ich Kinder hätte, vom Alter her!
Und wie das Mädchen im See war, konnte sie nicht schwimmen, weil sie an einem Schock litt, und sie

konnte auch nicht schreien. Und wie die Buben sie gefischt hatten und sie in Corsins Schoss lag – Corsin weinte, er weinte. Weil das Mädchen redete gar nichts mehr, weil jetzt hatte sie einen noch viel grösseren Schock und die anderen auch. Denn über ihren ganzen Körper, über und unter ihren durchnässten Kleidern, wanden und krümmten sich unzählige von glitzernden, dicken, schleimigen Würmern. Blutegel. Und ihr ganzer kleiner Körper zitterte und die Egel darauf wurden so geschüttelt, dass es aussah, als zitterten sie ein wenig mit, nebst dem Kriechen und Aussaugen.
Da musste die Ente ihren Blick abwenden, es machte sie sehr betroffen. Die Ente stand ja die ganze Zeit da, hinter einem spärlichen Büschel Bast, und ihre Augen sahen das alles im fahlen Mondlicht.
Ich brauche einen Schluck Salbei. Seit der Geschichte mische ich allenthalben etwas Whiksy darunter. Ich sage Whiksy, weil das sagen Kommissäre, das ist wie in Der Chinese vom Friedrich Glauser.
Eben, und dann hörte die Ente aus der Dunkelheit, gottlob, da kommt Grimsel. Die Ente dachte nicht gottlob, weil sie und Grimsel nicht gerade die besten Freunde sind. Aber ich, ich denke es. Jedoch, oh nein, trabte natürlich die dicke Blüehler hintendrein. Blüehler ging zu den Jugendlichen. Und Grimsel vertrieb die Ente, deshalb konnte sie mir nicht weiter berichten.
Ich fasse zusammen: Was wir wissen, ist, seit Blüehler bei den Jugendlichen war, sind die Jugendlichen und auch der Fuss verschwunden. Ich will nicht behaupten, Blüehler sei die gesuchte Person, aber sie hat Verbindungen zum AFS, und das allein macht sie verdächtig. Also. Haben die Ente und ich uns geeinigt,

als nächstes müsste eigentlich Grimsel befragt werden, und zwar von mir, weil die Ente und Grimsel, das geht nicht. Das Problem: Grimsel ist Blüehler völlig verfallen. Er würde sie nie verraten. Es bleibt also nur der Frontalangriff.

*

Sie haben ein Fest, heute Abend, in der Vereinshütte, um die jährliche Seesiebung zu feiern. Ayersrock spielen und danach Gspässig. Krückenpatrick ist bei Gspässig mit dabei, wenn ich mich nicht irre. Veranstaltung Open End bis 4:00 Uhr mit DJ Röbu. Open End spielen also auch noch. Umso besser für mich, umso besser. Ich werde sie dort umfassen und packen, wo sie am verwundlichsten sind, nämlich in ihrem vereinigten, bierseligen Kollegentun.

Es wird noch immer recht schnell dunkel. Ich setze meine Schirmmütze auf, auf der vorne PRESTO draufsteht. Dann ziehe ich den Schirm nach unten, damit es einen Schatten auf dem Gesicht gibt.

Auf dem Weg zum Vereinshaus überkommt mich ein euphoristisches Gefühl. Es ist kühl, das ist gut, das erfrischt den Geist und desinfiziert die Luft. Und der Frühling ist da und man riecht das Pflanzenreich, das wieder Hallo grüsst. Zusammen ist das wunderbar.

Ich bin also frohgemut, wie ich plötzlich die Jugendlichen erblicke. Es sind nun schon einige Tage, seit sie verschwanden, und jetzt sind sie einfach wieder da. Ich weiss nicht, wie ich das finden soll. Zuerst freue ich mich. Die Buben schieben Corsin auf der Strasse den Hang hinauf. Wie ich mich nähere, will ich sie ausfragen, wo

sie waren, was passiert ist und so weiter. Aber kaum bin ich nah genug, geben sie Corsin einen Schubs, der flitzt die Strasse runter und weg ist er. Wie ich an den Buben vorbeigehe, schauen die zur Seite. Das Mädchen fehlt.
Ich beginne die Jugendlichen zu verabscheuen. Solche Verbündete brauche ich nicht. Ich tue auch nichts dergleichen und gehe geradeaus auf das Vereinshaus zu.
Aus den Fenstern fetzt laute Musik, das müssen Gspässig sein. Ich habe den Moment genau auskalkuliert. Vor dem Vereinshaus haben sich kleine Herden gruppiert, die laut reden. Behende füge ich mich durch die Menge und schaue in das Haus hinein. Auf der Bühne stehen Krückenpatrick und ein paar andere. Vor der Bühne kreisen vier Frauenbilder mit ihren Hinterbacken. An den Wänden stehen belämmert blickende Angelfischer mit einem Bier in der Hand und schauen den Frauen auf die Extremitäten, wie sie die schwingen.
Die Frauen tragen zu kurze Oberkleider und enge Jeansstoffhosen, die sie oben mit einem Gürtel noch mehr verengt haben, dass kleine Rollen vom Bauch darüber hängen. Sie tun übertrieben begeistert und so, als würden sie sich nur auf das Tanzen konzentrieren. Dabei schielen sie irgendwelchen Angelfischern auf den Hosenladen, beziehungsweise was darunter ist. Bei solchen Tieren muss ich keine Angst haben, die sind viel blöder als die Ente oder auch Grimsel. Und deshalb bin ich ja hier: Ich muss Blüehler finden, mitsamt Grimsel, und die beiden zum Reden bringen.
Ich gehe also nicht in das Vereinshaus, sondern darum herum. Hintendran hat es einen Gartentisch und Stühle und einen kleinen Schuppen, wo die vom AFS ihr vermeintlich supertolles Gerät lagern. Im Dun-

kel schleiche ich behende um das Haus, wie ein lauer Wind, so leicht.
Und wer sitzt allein am Gartentisch? Blüehler. Ohne Grimsel.
Ich also hin und frage sie, wo Grimsel sei, da wird mir gewahr, dass Blüehler ganz traurig aus dem Gesicht guckt, und sie sagt, Grimsel sei gestorben. Das tut mir sehr leid. Grimsel ist ein feiner Kerl, oder gewesen. Ich frage sie, wo er jetzt sei.
Und sie sagt, es gebe so Tonnen, da könne man die Kadaver hineintun. So was habe ich ja noch nie gehört. Ich hätte Grimsel feuerzeremoniell auf dem See bestattet! Wie ich das sage, zieht Blüehler die Lippen zur Seite und zeigt die Zähne, also lächelt. Sie hat ganz schöne Zähne, eigentlich. Allerdings raucht sie viel, deshalb sind sie gelb. Auch säuft sie beträchtlich, sie hat ganz für sich alleinig eine Flasche Whiksy, den mit dem laufenden Kerlchen drauf. Ich sage, dass ich Whiksy auch ein bekömmliches Getränk finde, worauf Blüehler sagt, ich könne gern etwas haben. Ich erwäge kurz und will dann zu meiner Klause, um den Salbei zu holen, aber Blüehler findet, Whiksy gehe auch gut ohne.
Also schleiche ich mich noch einmal zurück zum Vereinshaus. Blüehler will nicht aufstehen, sie sei zu besoffen. Völlig inkognito hole ich zwei Plastikbecherchen, wobei solche Plastikbecherchen eine drollige Sache sind, so süss und klein, man kann sie knicken und sie machen Geräusche. Plötzlich denke ich mit ganz viel Gefühl, ich liebe diese Plastikbecher, fast wie meine Kinder. Obwohl ich ja gar keine Kinder habe.
Zurück zu Blüehler. Die kann ziemlich saufen, so als Sicherheitsbeauftragte. Ich halte wacker mit, weil ich mir

die Chance nicht entgehen lassen kann, aus ihr wichtige Informationen herauszubekommen. Blüehler ist sozusagen die Nadel im Heuhaufen, obwohl sie eher eine stattliche Nudel ist.
Ich trinke also den Whiksy zusammen mit Blüehler und ohne Salbei, und in mir gärt die Erkenntnis, dass ich Blüehler genug betrunken machen muss, dann werde ich die Wahrheit aus ihr herauskriegen.
Als sie anfängt Edith Piaf zu singen, knuffe ich sie etwas in die Hüfte, damit sie endlich redet. Und Blüehler knufft zurück. Ich tue das alles für den Beruf, ein Komissär muss auch mal mit Agentinnen schlafen, ich kenne ja 007.
Mir wächst allerdings auch langsam ein Karussell über dem Kopf, aber ich bin mir sicher, wenn das vorüber ist, dann erzählt mir Blüehler alles. Das denke ich, als wir schon über den Rasen rollen. Mein Plan wäre auch sehr gut aufgegangen, wenn nicht plötzlich Krückenpatrick vor uns stehen würde. Der öffnet seinen Mund und will wohl etwas sagen, aber es kommt nichts heraus. Dann macht er kehrt und spuckt auf den Boden.
Ich bin froh und will mich wieder in Blüehlers Umschwung senken, da will sie plötzlich nicht mehr. Steht auf und rennt zum See, ich hintendrein, und das in einem erektionalen Zustand!

Jetzt liegt sie auf dem Steg und kotzt fürchterlich ins Wasser. Ich tätschle ihr den Rücken und denke an Grimsel und werde auch ganz traurig.
Die Ente steht da und guckt. Wie Blüehler fertig gekotzt hat, gebe ich der Ente ein Zeichen, dass sie auf Blüehler aufpassen soll, und gehe zurück zum Vereinshaus. Die vom AFS haben im Frühling Decken auf den Liegestüh-

len. Ich entwende die Decken allesamt und ein Mineralwasser. Das alles bringe ich der Frau Patientin Blüehler. Die freut sich. Morgen werde ich sie fragen. Ganz sicher. Die Ente nickt mir anerkennend zu. „Gut“, sagt die Ente, „das hast du gut gemacht, Gerhard.“

II

Durch die Ritzen meines Bodens kräuselt sich süss riechender Dampf. Die Mitglieder der Schlägergruppierung sind wieder am Rauschgift-Konsumieren. Zuerst fand ich an ihrem neuen Tun ja sozusagen fast Gefallen, denn seither schreien sie nicht mehr so oft durch die Gegend. Aber der Dampf kräuselt sich weiss durch mein Bodenholz und mir direkt in die Nase und verkräuselt mir so den Kopf. Also habe ich überall Salbeitassen aufgestellt, damit der Salbei seine Kraft in die Luft abgibt. Überhaupt ist mein Kopf recht angequirlt seit der Nacht mit der kotzenden Blüehler.
Oder Rita. Als ich zurückgeschlichen war zu ihr, ich ihr die Decke auf den Rumpf gelegt hatte, war sie noch immer elendiglich anzusehen gewesen, dort auf dem Steg.
Und ich habe gesagt: „Bl...", habe ich gesagt, mehr ist nicht rausgekommen. Und Blüehler hat schwach gesagt: „Rita". Und ich habe nichts gesagt, das Karussell über meinem Kopf schwang gefährlich seitwärts.
Und dann merkte ich, dass das ihr Name war. Und ich sagte auch: „Rita". Und dann spürte ich, wie mir im Magen warm wurde. Höchstwahrscheinlich der Whiksy, der zusammen mit dem Salbei ganz ungeahnte Kräfte in mir freisetzte. Ja, ich fühlte Kraft, ich war ein Mann und was für einer. „Gerhard", sagte ich.
Und dann setzte ich mich neben sie und schaute auf den nächtlichen See hinaus, wobei man ja gar nicht richtig auf den hinausschauen kann, weil er so klein ist. Mein Bauch war warm, meine Brust öffnete sich und Blüehler furzte leise. Sie war eingeschlafen.
Der Moment hielt leider nicht lange in der Zeit. Wie lange kann ich nicht genau sagen, meine Sonnenuhr

funktioniert nachts nicht, aber das ist wirklich auch der einzige Nachteil. Kevin warf eine leere Dose Bier durch das Dunkel in unsere Richtung.
Ich weckte Rita und begleitete sie nach Hause. Sie wohnt nicht sehr weit vom Park, in einem Mehrfamilienhaus, das sehr sauber und gebügelt den Eindruck macht, mit Spitzenvorhängen in den Fenstern und lustigen Geranien, die fröhlich und gemütlich auf Passanten wirken.
Rita murmelte „merci" und brauchte lange, bis sie den Mechanismus des Türschlosses durchschaute. Aus solchen und anderen Gründen habe ich selbst eine Schlossart erfunden, die mein Heim exzellent schützt. Exzellenzen würdig schützt die. Das ist auch nötig, wenn man mit einer derart üblen Schlägergruppierung das Haus teilt, wie ich es tue.
Wohingegen Ritas Gebäude vom Treppenhaus einen aufgeräumten und geputzten Duft wie Tropikal verströmt. Ich verblieb einige Zeit und öffnete die Kiemen meiner Sinne weit. Ich verfüge über viele Sinne.
An einem Briefkasten stand R. BLÜEHLER angeschrieben. Der Briefkasten erschien mir drollig mit seinem breiten Maul und dem dicken Bauch, eigentlich der süssese Briefkasten, den ich je gesehen habe.
Und jetzt, hier, in dem meinigen Haus rumoren die von der Schlägergruppierung wieder. Es ist mir fast schon ungemütlich geworden, aber meine Klause kriegen sie nicht, die sicher nicht! Ich lasse ganz laut Opernmusik klingen, um ihnen zu beweisen, dass es hier auch noch Kultur gibt. Mit den Kopfhörern höre ich mir den Django Reinhardt dazu. Dann bereite ich das Schachbrett. Denn so wie Spassky und Fischer ihren Schachmatch hatten, so ist meine Situation im Moment eigentlich. Boris Spassky

– Bobby Fischer, der grösste Schachmatch der Geschichte. Ein Duell.
Ich habe alles mehrere Male nachgespielt, jeden Zug, damit ich der geschickteste, unbesiegbarste Gegner bin, den es je gab. Ich muss nur herausfinden, wer genau mein Gegner ist. Klar ist, von Seiten der Anglerfischerfraktion stinkt es beträchtlich in den Wind. Wie ich in der Nacht nämlich die betrunkene Blüehler aus dem Park stützte, war auf der Strasse vorne Kevin mit einem Gleichaltrigen. Der blöde Kevin erzählte seinem Kumpan im lautesten Prahlton, sie hätten den See gar nicht gesiebt, nein nein, das wäre doch viel zu anstrengend. Sie würden jeweils nur die tollen Hosen sich anziehen und dann stehen sie eine Stunde im See und trinken Bier dazu. Dann stellen sie sich wieder heraus aus dem See, lassen die Hosen trocknen und machen ein Fest, um noch mehr Bier zu trinken. Der Kollege fragte noch, ob sie viel Frauenunterwäsche sieben würden, dann waren sie um die Ecke verschwunden.
Dumme Gegner sind sie, die Angelfischer. Die werde ich überflügeln, schneller, als sie eine neue Dose Bier öffnen können. Indem ich das Duell zwischen Spassky und Fischer immer und immer wieder nachspiele und dazu den Salbei mit etwas Whiksy anreichere und nie aufhöre mit dem Duell- Nachspielen. Wird mir alles klar werden. Whiksy, Bobby und der Salbei werden alles klären.

*

Ich habe eine Idee. Eine gute! Dass es mich fast komisch deucht, dass sie nicht früher schon meinem Schädel entsprungen ist! Deshalb bin ich unterwegs zum Einkaufszentrum hinter dem Bahnhof.

Nämlich, was ich mir überlegt habe: Wenn die Angelfischer den See gar nicht gesiebt haben – dann kann ich ihn nun zu meinem Glück in aller Ruhe untersuchen!
Ich werde also tauchen. Ich besorge mir eine gute Taucherausrüstung und ein Unterwasserlicht, ein gutes, das ich mit einer Kamera verbinden kann, und dann steige ich in den See und schaue. Und ich werde sehen. Ich werde viele schlimme und unheimliche Dinge sehen. Ich werde eine Leiche sehen.
Der Gedanke daran schaudert mich. Wie die Leiche wohl aussieht? Es wird wohl ein Mann sein, denn der Fuss steckte ja in einem Männerturnschuh. Einem sehr grossen, muss man sagen. Lebte der Tote auch sonst auf grossem Fuss? Halt, es wäre dumm, allzu stark vom Schuh auf den Menschen zu schliessen! Zu denken, dass das ein sportlicher und jugendlicher Mann gewesen sein muss. Denn auch sehr unsportliche Menschen und auch Senioren tragen heutzutage schnittiges Schuhwerk.
Aber abgesehen von Schuhen und Kleidergeschmack: Das war ein Mensch!
Wer war er? War er reich oder arm? Vielleicht gar ein armer Tropf wie ich? Oder ein Dummpeter wie Krückenpatrick? Oder ein Mehrbesserer mit Einfamilienhaus und verschiedenen Säulen auf diversen Banken?
Das alles weiss ich nicht. Und ich weiss auch nicht, wie er gestorben ist. Und die Art des Ablebens hat ja einen Einfluss auf die Optik einer Leiche. Womöglich hat er gar keinen Kopf mehr! Womöglich wurde ihm der abgeschlagen! Und jetzt hat er einen Fuss anstelle des Kopfes! Und die Stelle, wo der Fuss am Hals ist, dort kleben rundherum alles Egel dran und saugen und halten das

so zusammen! Schnell schüttle ich mir solch grauslige Gedanken aus dem Kopf.
Ich gehe ein paar Schritte über den Vorplatz des Einkaufszentrums, als ich meinen Namen höre. Also, wie jemand meinen Namen ruft. Also mich ruft.
Und wie ich mich umdrehe, ist es Tina. Das fühlt sich in der Zeit wie Ewigkeiten an, das mit Tina. Die Ewigkeiten sieht man ihr auch an, ich erkenne sie aber sofort und einwandfrei, weil irgendwie ist sie doch noch immer dieselbe. Sie sitzt mit einem Bier auf einer Bank und blinzelt in die Sonne. Abgekämpft sieht sie aber schon aus. Sie hat es schon immer schwierig gehabt im Leben. Wir reden kurz und es macht mich froh, eine Gefährtin von früher, aus den jungen Gerhardzeiten, zu treffen. Zum Abschied wünscht sie mir noch gutes Einkaufen und sagt, sie sei bei schönem Wetter jeden Tag hier auf der Bank, wenn ich sie mal wieder besuchen wolle.

*

Wie ich das Einkaufszentrum betrete, werde ich erneut an meine jüngeren Jahre erinnert. Durch die neonbeleuchteten Gänge rieselt nämlich fetzige Musik, Salsa. Das erinnert mich an meine erste grosse Reise, Südamerika. Ende der achtziger Jahre, als hier in der Schweiz alles schlimm wurde, der Schnüffelstaat tief seine Nase in die Herzen seiner Bewohner bohrte, da wagte ich die Flucht gen südliches Amerika. Drei ganze Jahre blieb ich, und bei meiner Rückkehr war ich ein anderer Gerhard.

Das Einkaufszentrum beherbergt insgesamt drei Ladengeschäfte, wovon eines sehr gross ist und von Nahrung über Garten, Heim und Hobby bis zum Sport über alles verfügt. Ausserdem gibt es noch den Asia Wok und drei Massagestühle, Herren- und Damentoiletten in der 1. Etage sowie ein Selbstbedienungsrestaurant, Coiffeur Upstairs und ein Ladengeschäft für Tiernahrung und eines für Schuhe in der 2. Etage. Ich bin noch nie in der Sportabteilung gewesen.

Wie ich die Taucherecke durchforste, wird mir alsbald klar, dass ich wiedermal selber mich erfinderisch werde hervortun müssen. So viel wie die Sachen hier kosten. Das ist etwa das, was mir die Stadt als Nahrungsgeld schickt! Und ich pflücke zusätzlich ja immer noch Bärlauch, Beeren und Löwenzahn vom Flussrand. Im Park kann ich nicht pflücken, dort hat es nur Zierpflanzen und giftige Angelfischer.

Ich weiss nicht, was das für Leute sind, die sich sowas fürs Tauchen mit Geld nehmen können. Kurz flitzt der Gedanke Diebstahl durch meinen ehrredlichen Kopf, aber das geht karmisch nicht auf, auch jetzt nicht, obwohl es zu einem guten Zweck wäre.

Ich habe noch nie etwas gestohlen. Noch nie! Als Kind schon, als kleines Kind. Aber sobald ich gross war, habe ich sofort damit aufgehört. Noch nie habe ich gestohlen! Diebespack! Ich hasse die!

Nein, stehlen tue ich sicher nicht, meine Güte Gerhard, was ist mit meinem Kopf! Ich muss ihn sofort kräftig schütteln, aber versteckt unter der Frisur, weil ich muss unauffällig bleiben.

Ich nehme mit der Schere von allen Materialien eine kleine Probe. Die Schere ist Teil meines Sackmessers und so ein praktisches Immerzurhand. Die Proben lasse ich unauffällig in kleinen Plastiksäckchen verschwin-

den. Die Säckchen sind von denen der Schlägergruppierung in meinem Haus, die lassen die immer überall liegen.
Also, da kommt einiges an Erfinderarbeit auf mich zu. Ich habe ja schon sehr vieles erfunden, aber eine ganze Taucherausrüstung, das wird sogar mich herausfordern. Insbesondere materialtechnisch, ich versuche ja eigentlich ausschliesslich mit natürlichen Materialien aus dem Park und vom Flussufer zu arbeiten. Interessant, interessant, ich war schon immer jemand, der Herausforderungen nicht scheut. Insbesondere zur Aufklärung von geheimnisvollen Verbrechen. So in Gedanken schreite ich also forsch in die Halle des Einkaufszentrums und peng! – knallt es laut und ein Scheinwerfer blendet mich. Technomusik beginnt zu stampfen, dass mir schwindlig wird und ich ein bisschen taumele, die Trittfestigkeit sich verunsichert. Und ich mich neben einem seltsamen Gebilde wiederfinde.
Mehrere Männer in meinem Alter stehen um das Ding herum. Einer von ihnen hat einen Haarreif mit Lautsprecher am Kopf und kreischt die anderen aufgeregt an.
Dann geht einer der anderen an die Maschine und legt eine Murmel darauf. Die Murmel beginnt zu rollen und es knallt und scheinwerfert fürchterlich. Über dem Ganzen hängt ein grosses Plastik, auf dem „Murmel Europameisterschaft 2016“ steht. So was habe ich noch nie gesehen. In meinem Leben nicht gesehen. Schnell nehme ich Reissaus.

*

Wie ich mich aus dem Kapitalistentempel gerettet habe, empfängt mich draussen der Regen in grossen Schwällen. Alles Leben ist vom Vorplatz verschwunden, auch Tina sehe ich nicht mehr. Der Regen und die Abwesenheit von Menschen beruhigt angenehm.
Weil mein Schirm noch immer zu Hause und kaputt darauf wartet, von mir gelötet zu werden, beschliesse ich, mir für einmal eine Fahrt mit den öffentlichen Verkehrsmitteln zu genehmigen.
Und wie ich an der Tramhaltestelle stehe, fährt der Vierer vor. Geistesgegenwärtig beschliesse ich, dass meine heutigen Ermittlungen erst jetzt richtig losgehen.
Im Tram muss ich wieder den Leuten nachstaunen. Das Tram, von aussen unauffällig, ist innen nämlich ganz tropikalisch eingerichtet und es rieselt einem erneut Salsa in die Ohrmuschel, während von draussen der Regen gegen die Scheiben prasselt.
Frauen, denen man direkt ins Wohnzimmer schauen kann, servieren an einer Stehbar alkoholische Mischgetränke. Die Durchsage sagt, „Herzlich Willkommen im Vamos!-Tram. Stimmen Sie sich mit uns ein auf die grösste Salsa- und Cha-Cha-Cha-Party der Schweiz, vom 11. bis 15. Juni. Vamos! Nächste Haltestelle Röschgasse."
Mir wird wieder gewahr, warum ich die öffentlichen Verkehrsmittel meide. An der Röschgasse springe ich geschwind aus dieser Stahlraupe des Grauens heraus.
Ich schaue auf und stehe vor Blüehlers Haus.
Das Tram und sein Cha-Cha-Cha entfernen sich und eine wohltuende Ruhe beseelt die Umgebung.

*

Rita, hat sie gesagt.
Damit hat sie ihren Namen gemeint.
Den hat sie mir anvertraut.
Ich erinnere mich an ihren drolligen Briefkasten, wie lustig und gemütlich der mit seinem breiten Maul ausgesehen hat. Gehe also zu dem hin und wie ich den sehe, stimmt mich das grad fröhlich, dass ich davor und unter dem schützenden Vordach kurz etwas verweile. Nicht aus Schüchternheit, sicher nicht! Ich brauche bloss etwas Zeit zum Denken. Zum Nachdenken, wie ich weiter vorgehen werde.
Nach drei Viertelstunden höre ich Schritte im Treppenhaus, aber ich erschrecke trotzdem, wie sie plötzlich vor mir steht. Rita. Mit einer Regenkapuze und darunter ihr Gesicht mit den dicken Backen, die sich etwas angerötet haben. Ganz appetitlich sieht das eigentlich aus, wie zwei biologische Äpfel, mit den Unebenheiten und den dunklen Flecken. Wie das in der Natürlichkeit eben ist, wenn man keine Chemie daraufspritzt.
Irgendwie macht sie fast den Eindruck, als würde sie sich freuen, mich zu sehen.
„Geri! Wie lange stehst du denn da schon rum?“
Obwohl ich mich nicht erinnern kann, ihr erlaubt zu haben, mich Geri zu nennen und ich das nicht mag, wurde ich doch früher, in meinen Jugendzeiten, immer Geri genannt. Sage ich erstmal nichts dazu, sondern setze ihr die schlimme Tramfahrt auseinander und meine Flucht, und wie ich jetzt eben hier per Zufall gelandet sei und Schutz vor dem versauerten Regen suchte. Rita lacht laut, da ich die Erzählung gekonnt etwas humoristisch ausschmücke. Und wie sie lacht, beginnen sich die Blüehlerschen Backen noch ein wenig mehr ins Rot zu verfärbten und

sie bedankt sich dafür, dass ich sie damals am Vereinsfest nach Hause gestützt und alles habe.
Und ob ich einen Kaffee möchte. Dazu sage ich nicht nein, es ist nämlich mein Plan, dass sie mir, bei detektivisch geschicktem Verhalten meinerseits, nützliche Dinge über den Fall anvertrauen wird. In solchen Dingen bin ich ganz Kommissär.
Die Blüehlersche Wohnung macht auf Anhieb einen gemütlichen Eindruck, der von den vielen bunten Tüchern und dem vielen Holz herrührt.
Die Küche ist klein, aber schön geputzt und mit einer privaten Barsituation. Richtig mit einem Tresen und zwei Barhockern, sehr geschmackvoll und auch originell. An der Wand darüber hängt ein Bild von Gewürzen und weiter hinten eines von Grimsel, wie er über eine Wiese hechelt. Das macht mich traurig. Und vor allem auch Blüehler selbst macht mich traurig, denn sehr niedergeschlagen macht sie den Eindruck. Wie sie den Regenmantel auszieht, trägt sie ihre Dienstuniform darunter. Sie sieht meinen interessierten Blick und sagt:
„Naja, ich bin ja sozusagen auf Pickett."
Und wie mein Blick wohl noch immer fragend ist, fügt sie an:
„Naja, wenn sie mir endlich einen neuen Diensthund zuteilen."
Und sie schaut etwas verlegen zu Boden und dann mit ganz viel Traurigkeit in den Pupillen wieder zu mir.
Und dann erzählt sie. Sie erzählt, dass sie einmal die Woche zur Hundeschule gehe und dort nachfrage. Ansonsten würde sie aber nicht mehr recht aus dem Haus gehen. Sie fühle sich nutzlos, vermisse den armen Grimsel und warte auf Bescheid wegen dem neuen Hund.

Mit dem werde sie dann einen Auffrischungskurs, kurz: AK Diensthundeführer Brevet, machen. Wo sie danach eingesetzt werden würde, weiss sie noch nicht. Vielleicht nicht mehr im Park.
Wie sie das sagt, fröstelt es mich und ich merke, dass ich Blüehler jeweils eigentlich gern im Park sehe. Wie sie da sitzt, in ihrer zerknitterten Uniform und mit den pinken Hausschuhen, die grosse Melancholie in den kleinen Knopfaugen, denke ich plötzlich, dass ich sie gerne beschützen würde.
Solche Gefühligkeiten sind bei der Auflösung eines kriminalistischen Falles natürlich unangebracht. Man muss auf der Hut sein, dass man sich emotional nicht zu sehr verstrickt, dass der geklärte Blick nicht getrübt wird.
Wie ich den Kaffee ausgetrunken habe, öffnet Blüehler eine Flasche Prosecco Rosé, sagt:
„Auf Grimsel!"
und ploppt den Korken mit den Zähnen, wendet dann den Kopf zur Seite und spuckt ihn elegant in den Schüttstein. Eine imposante Frau, das muss man sagen.
Mit dem spritzigen Getränk wird mir wärmer, trotz dem traurigen Thema. Und ich beginne ganz einfühlsam über den armen Grimsel zu sprechen, dass Blüehler zu weinen beginnt. Ganz still weint sie und tut mir so leid, wie mir eigentlich schon seit Ewigkeiten kein Mensch mehr leid getan hat. Aber auch hier: Obacht, Gerhard! Mitleid verklärt den Blick!
Blüehler erzählt mir, dass sie Grimsel unendlich vermisst und wenn sie ehrlich sei, habe sie gar nicht richtig Lust, mit einem neuen Hund zu arbeiten, weil keiner je wieder so wie Grimsel sein werde. Sie sagt, dass sie

seit Grimsels Tod morgens keine Lust mehr habe, aufzustehen. Dass sie manchmal einfach liegen bleibe. Und dass Grimsel noch gar nicht alt gewesen sei und immer gesund, und wie er plötzlich, innerhalb nur eines Tages, krank geworden sei.
Jetzt macht sie ihre Stimme etwas leiser und beugt sich so nah zu mir, dass ich ihren Atem spüre, dass es eigentlich kein professioneller Abstand mehr ist und ich ins Schwitzen komme!
„Geri, ich will ja nicht den Teufel an die Wand malen: Aber vor einer Woche habe ich im Schweizer Retriever gelesen, dass Grimsel eigentlich die Anzeichen von einem vergifteten Hund gezeigt hat!"
Das ist nun aber doch allerhand! Und eben ganz nach meinem Plan, der ja vorgesehen hatte, durch körperliche Nähe an nützliche Informationen zu gelangen! Ich sehe heute schliesslich auch extra gut aus, weil ich trage mein gelbes Hemd und das passt gut zu meinem blonden Haar. So jedenfalls wurde es mir gesagt! Und auch wenn ich nicht mehr ganz so viel Blondheit auf meinem Schopf habe, das Hemd passt noch immer wie angegossen, wie man das in der Modesprache sagt.
Aber Blüehler erzählt weiter: An einem Samstag sei es gewesen, da er tot in der Wohnung lag, wie sie vom Einkaufszentrum zurückkam. Sie hatte nur schnell neues Hundefutter kaufen wollen, aber dann war die Schweizer Meisterschaft im Sandburgenbauen dort und ein junger Mann mit Mikrofon an einem Haarreif hatte ihr den Weg versperrt, sie am Ärmel gezupft und darauf bestanden, dass sie an einem grossen Glücksrad drehe. Weil Blüehler wolle doch unbedingt Après Soleil gewinnen, ob sie sich dessen nicht bewusst sei?! Er hatte nicht

locker gelassen und ins Mikrofon geschrien, dass es aus allen Boxen gehallt hatte, Rita Blüehler, mit Supercard Nr. soundso wolle doch keine Spielverderberin sein. „Wenn Rita Blüehler mit Supercard Nr. soundso etwas wirklich hasst", sagt sie, „dann, wenn sie von allen Leuten angestarrt wird."

Was ich gut verstehen kann.

Und dann, eben, nachdem sie genötigt worden war, an dem grossen Rad aus Sperrholz zu drehen und der junge Mann neben ihr laut in sein Kopfmikrofon gekreischt und ihr danach eine Probe Après Soleil gegeben hatte, durfte sie endlich gehen. Und wenn Blüehler sich und ihre Einkäufe nach Hause schleppt, dann kann das schon eine Weile dauern, sie ist ja nicht gerade der schnellste Fuss.

Ist sie also endlich die Treppe hochgestiegen, hat den Schlüssel ins Schloss gesteckt, und da hatte sie schon das Gefühl, eigentlich das Wissen, dass etwas Schlimmes passiert war. Denn sie hörte keinen wartenden Grimsel hinter der Tür, alles still, kein Scharren, kein Laut.

Auf dem Küchenboden sei er gelegen, von den starken Schmerzen ganz verrenkt. Genau hier.

Blüehler schüttelt den Kopf. Dann entschuldigt sie sich dafür, dass sie wohl gerade eine sehr traurige Erscheinung mache. Ich sage: „Nein, nein, das ist doch normal, würd ich meinen!"

Plötzlich verspüre ich den Drang, sie in die Arme zu nehmen, aber ich traue mich nicht. Ausserdem muss ich mich zusammenreissen, um in dem Fall neutral zu bleiben. Mein kriminalistisches Gespür vermittelt mir deshalb, dass ich mich vorerst besser vom Feld mache und die Informantin Blüehler als solche warmhalte. Ich sage ihr also, dass ich ihr helfen wolle herauszufinden, ob Grimsel vergiftet wurde und von wem, aber jetzt müsse ich leider los. Was und wohin, verrate ich nicht, das etabliert nämlich eine Aura der Geschäftigkeit und des Geheimnisses. Blüehler schaut mich mit grossen Augen an. Das habe ich gut gemacht.

*

Dass ein Menschenfuss, eine Leiche und ein vergifteter Securitashund irgendwie zusammenhängen müssen, ist offensichtlich. Um meine Ermittlungen voranzubringen, beschliesse ich, den Park frühmorgens zu besuchen. Dann, wenn die Angestellten im Arbeitsverhältnis zu Hause noch in ihren Kaffees rühren und die Strassen nur von Katzen, Betrunkenen und Zeitungsverträgern bevölkert sind.
Schleiche ich mich aus dem Haus, um fünf Uhr morgens nämlich, was auch meiner ursprünglich beruflich angestammten Zeit entspricht. Ja, um fünf geht man raus, wenn man PRESTO ist.
Jetzt sind es schon sieben Jahre, dass ich nicht mehr angestellt bin. Kurz hatte ich versucht, mich selbstständig zu machen, aber ich gebe es offen zu, es hat nicht geklappt. In fast keiner Branche ist der Weg in die Selbstständigkeit so hart wie im Zeitungsvertragen. Nachdem ich von den grossen Medienhäusern eine Absage erhalten hatte, versuchte ich es ganzheitlich autark, indem ich die Zeitung selber schrieb, die ich vertrug.
Man kann es sich vorstellen: Ein Belastungs-Burn-out liess nicht lange auf sich warten. Danach fand ich den

Einstieg in den alten Beruf nicht mehr. Eine klassische Geschichte für die heutige Zeit. Nun versuche ich auf dem zweiten Selbstbildungsweg den Kommissär zu machen. Aber auch hier schwingt das Scheitern drohend über mir. Die Zeiten sind schwierig und manchmal denke ich, für einen Gerhard sind sie besonders hart.
Das alles geht durch meinen Kopf, während ich an den noch erleuchteten Fenstern derer der Schlägergruppierung mich vorbeischleiche. Die frühmorgendliche Kühle vitalisiert auf natürliche Weise die Glieder und so schrittle ich juvenil den Weg gen Park herunter.
Wie ich ankomme, sind schon Menschen da. Fremde Menschen. Fremde Menschen in bekannten Kleidern, es sind die grünen Gilethosen der Parkverwaltung Stadt und Nahumgebung. Sie reissen Wunden in die Erde und pfählen Stahlstangen mit Namensschildern hinein. Normalerweise würde ich sofort hingehen und reklamieren, aber so, misstrauisch-beobachtender Gerhard wie ich heute bin, mache ich mich zuerst zum hinteren Schilf. Setze mich und spüre die nachtfeuchte Erde, deren Kraft und Liebe, bevor ich diese Energie mittels Flamingo zurückgebe.
Als die grünen Gilethosen endlich mit ihrem ebenfalls grünen Gefährt fortdieseln, raschelt es links neben mir. Ich öffne die Augen und sehe die Ente.
Seit unserem letzten Zusammentreffen ist es nun schon einige Zeit und ich muss sagen, sie hat sich ganz schön gehen lassen.
Reglos liegt sie seitlich im Gras, etwas verdeckt vom Bast, über ihr geht die Sonne auf und das ergibt ein Gesamtbild, dass ich grad denke, ist sie wohl tot verstorben. Jetzt beginnt sie sich zu bewegen. Mit dem Hosenboden

rutsche ich über die feuchte Erde näher, und als ich den Bast zur Seite wische, damit etwas Helligkeit auf ihr fahles Entengesicht fällt, schliesst sie gequält die Augen. Ich robbe zum See und schöpfe ihr etwas Wasser. Wasser tut immer gut, insbesondere Enten und anderen im Zeichen des Wassers geborenen.

Wie sie sich langsam erholt, macht sie sich wacklig auf die Füsse. Ohne Worte schwankt sie um den See und bedeutet mir, ihr zu folgen. Und was liegt da: eine Leiche! Nicht die Leiche, die ich gesucht habe, nicht die mit dem Turnschuh, die nicht, aber die einer Kollegin Vogel. Ein grösseres Tier, eine Graugans, auch bekannt als Grey Goose. Die Ente scheint sie gekannt zu haben. Sie setzt sich neben sie und beginnt ganz fürchterlich zu weinen. Sie in einem solchen Zustand zu sehen, macht mich traurig. Wir sitzen neben der Graugans und die Ente weint sehr.

Wie sie sich etwas erholt, erzählt sie mir, dass dies ein besonders tapferer Vogel gewesen sei, jung und kerngesund, sagt sie. Bis die Graugans gestern Morgen hier im Park gestreutes Futter ass. Futter, das die Ente nicht kennt. Es musste neu gestreut worden sein, und nicht nur, dass die Ente den viel zu frühen Tod ihrer lieben Freundin betrauern muss, auch fürchtet sie um ihr eigenes Leben, galt doch das Futter vielleicht sogar ihr! Sie ist der einzige Fixvogel hier im Park, denn den anderen ist er zu klein und ausserdem ist es mühsam hier, mit denen vom AFS. Ja, nicht nur die Menschen, auch Wasservögel können die Angelfischer nicht leiden. Das macht den AFS speziesübergreifend zu so unerträglichen Kreaturen.

Die Ente ist verständlicherweise ganz am Boden zerstört, denn ihre Situation ist wirklich wahnsinnig prekär!

Die kriminalistischen Fragen, die ich mir als Kommissär stellen muss, sind die folgenden: Was wusste Grimsel und was wusste die Graugans, dass sie aus dem Weg geräumt wurden? Oder was weiss die Ente, das sie mir vorenthält?
Auf alle Fälle bin ich Schrecklichem auf der Spur und die Leute können mir dankbar sein. Sonst sehe ich hier nämlich niemanden, der sich kümmert.
Ich schlage der Ente vor, dass sie sich bei mir zu Hause verstecken kann. Wie ich ihr diese Vorschlagsidee unterbreite, kommt vom Vereinshaus vom AFS ein lauter Knall.

*

Der Knall kam natürlich nicht zu uns in dem Sinn, dass er Beine gehabt hätte. Wir hörten ihn einfach. Ein mächtiges Peng. Wir schauten herüber und sahen, dass dem Krückenpatrick der Grill explodiert war, während er sich verkatert seine Morgencervelat braten wollte. Unser Weinen ging in Lachen über und ich muss sagen, die Ente ist wirklich eine gute.
Es ist schön, in ihr eine kultivierte Gesellschaft zu haben, mit der ich meine Pläne besprechen und abends ein gesittetes Glas Whiksy schwenken kann. Die Ente hat gute Ahnung von Whiksy, vielleicht gar etwas zu sehr. Der Tod ihrer Freundin hat sie wirklich mitgenommen. Sie ist eine melancholischere Ente, als sie sonst ist.
Abgesehen davon regt sie sich auch ungemein über die Schlägergruppierung auf, wie die hier jeden Tag und jede Nacht Radau veranstaltet. Zum Dankeschön haben sie

nun heute Morgen etwas aus dem werten Popo der Ente vor ihre Türen geschenkt bekommen. Von der Ente kann ich noch einiges lernen. Wir sind ein gutes Team.
Sie ist zum Beispiel sehr bewandert in Dingen, für die ich mich auch interessiere. So hat sie mir beispielsweise vom Eames Lounge Chair erzählt und dass Bobby Fischer darin damals in Reykjavik gegen Spassky gewann. Ich werde mir, sobald ich diesen Fall gelöst habe, auch einen Eames Lounge Chair zimmern. Ich bin ein guter Zimmerer. Manchmal denke ich fast, vielleicht bin ich ein besserer Zimmerer, als ich Kommissär bin. Solche Gedanken schüttle ich natürlich sofort aus dem Kopf. Obwohl ich mir eingestehen muss, dass meine Suche nach dem Fuss, beziehungsweise ja nach einer Leiche! Dass die Suche nun doch schon eine ganze Weile dauert.
Zum Glück war ich in meiner Jugend Langstreckenläufer. Zwei Jahre nacheinander war ich der schnellste Wängeler Bub, ich habe noch die Plaketten. Das bedeutet, der schnellste Bub von Ober- und Unterwangen zusammen. Bedeutet, der schnellste und ausdauerndste Läufer im Wangental. Bedeutet, das war eigentlich die erfolgreichste Zeit in meinem Leben. Fast wie auf der Tour de France habe ich mich damals gefühlt. Aber eben, Hochmut und dann der Graben. Ich bin froh, passierte mir das bereits mit zehn und nicht erst mit siebzig Jahren, wie man das ja zeitweilig in der internationalen Hochpolitik beobachten kann, die ich aufmerksam unter der Lupe habe. Die Ente übrigens auch. Wir sind uns wirklich in vielem ähnlich.
Nachdem es gestern mit Schach und Whiksy doch etwas spät geworden ist, der Dampf von den Pajassen untendrunter begann sich bereits an der Decke zu verkräuseln,

bringt mir die Ente heute Morgen die Post zum Kaffee, unter anderem eine neue Ausgabe der Egelsee-Zeitung. War der Hausi also wieder einmal unterwegs. Die Egelsee-Gratiszeitung wird nämlich von einem einzigen Menschen gemacht, dem Gottesredaktor und Medienegel Hausi Hinteregger oder Augenimarsch, wie ich ihn zischelnd zu grüssen pflege. Anno dazumal, als ich mich selbstständig machte, hatte ich der Egelseezeitung auch eine Offerte gemacht, aber nein, der Augenimarsch verteilt seine Zeitungen lieber selber. Damals beschloss ich, was der kann, das kann ich schon lange. Nur dass meine Zeitung politisch war und vieles über die Wahrheit und auch Schach beinhaltete, sowie Kräuterkunde, also alles, was in einer Zeitung interessant ist.

Wohingegen die Egelseezeitung in der Regel aus zwei Seiten Fotos von irgendeinem Partyfest der Angelfischer besteht, einem Interview mit Krückenpatrick, einer Seite Gewerbeannoncen und drei Seiten mit schlechten Witzen.

Um den See oder die Tiere geht es praktisch nie. Man kann sagen, die Egelseezeitung ist eigentlich das Parteiorgan des AFS. Ich muss immer ganz stark an meine Reise in die Sowjetunion denken, wenn ich dieses Giftblatt in den Händen halte. Wobei der Hausi Hinteregger von der Schleimigkeit eher an eine Mallorca-Kreuzfahrt erinnert. So ein Aufschneider mit offenem Hemd aus Plastikfasern und Goldkette um den Hals ist der. Denkt wohl, so merke niemand, was für ein dummer Metzgerssohn er ist. Eigentlich ist der nämlich der Sohn vom Schweinemetzger Hinteregger aus der Unterstadt, und weil er das Geschäft geerbt hat, kann er jetzt auf Volvo-Cabrio vor dem Vereinshaus und wahnsinnig intellektueller Reporter machen.

Wie ich also heute sein Schundblatt aufschlage, sehe ich, dass Krückenpatrick und Kompanie eine grosse Pressekonferenz für den Freitag angekündigt haben. Neue Schilder seien angebracht worden im Park, das seien jetzt offiziell richtige Wege. Und die würden nun feierlich von einer Gemeinderätin eingeweiht werden. Ausserdem müsse ein Wegmeister gewählt werden. Einziger Kandidat: Herr Krückenpatrick. Will er sich diesen Freitag also vor der ganzen Weltöffentlichkeit noch mehr Verantwortung anwählen lassen und die dicke Krücke schwingen. Als hätte der je etwas in seinem erbärmlichen Leben zustande gebracht.
Die Ente und ich werden dort und Zeugen sein. Das ist ein guter Moment, um den AFS zu verunsichern. Wir werden nichts sagen, zu niemandem. Wir werden vielleicht Sonnenbrillen tragen. Die Angelfischer werden uns sehen und vermuten, dass wir viel wissen. Und sie werden unsicher sein und Respekt vor uns haben und der Krückenpatrick wird sich zum Affen machen. Und das ist dann ein kleiner Sieg, bevor wir sie zwischen den Fingern zerreiben werden wie getrockneten Salbei.

*

Wie wir heute zum Park gehen, ist der Sonnenschein an der Weltdecke und die Vogelkollegen zwitschern gute Laune. Die Menschenkollegen stehen in den Strassen und reden über das Wetter und darüber, dass alle immer über das Wetter reden.
Im Park angekommen, haben sie zwischen See und Vereinshaus ein grosses Plastiktuch zu einem Pavillon geschlagen. Darunter sind Sitzbänke auf den Rasen

gestellt. Auf den Sitzbänken verteilt sind Angelfischer mit Bieren in der Hand, sowie Hausi Hinteregger, der eine Cervelat frisst.
Wie ich also die Reihen wie nebensächlich durchblicke, sehe ich auch einen Polizisten in Uniform. Instinktiv wollen sich meine Fusssohlen umdrehen und davonmachen, aber ich bedenke mich und muss sagen, warum Angst haben vor der Schmier, die sind mir als Kommissär nämlich eigentlich untergeordnet.
Alle sind da. Alle, sogar die Jugendlichen! Nur Corsin fehlt. Die Jugendlichen sitzen mit roten Augen und offensichtlich berauscht in der hintersten Reihe, trinken offeriertes Bier und kichern.
Die Ente und ich setzen uns etwas abseits auf den Boden, so, dass wir die Situation überblicken und im Griff haben. Ich mache den Dreiecksitz und die Ente nimmt die Beine unter den Bauch, dass die Zuschauer denken, was für legere und tief entspannte Typen wir sind, aber in Wahrheit ist mein Sprunggelenk natürlich ständig startbereit. Dank dem Flamingo sind meine Gelenke ausserordentlich geschmeidig und meine Beine sind dünn und zart, sodass ich sie problemlos überall unterbringen oder einen schnellen Lauf machen kann. Die vom AFS haben es jedenfalls nie geschafft, mich einzufangen.
Ausserdem habe ich, als ich in der Klause für die Ente etwas Platz geräumt habe, mein altes Gilet wiedergefunden. Es ist aus feschem Bluejeans und da mein Beinkleid aus dem selben Stoff ist, macht das eine rockige Figur. Das Gilet ist ohne Ärmel und die Nähte sind ausgefranst. Ausserdem hat es viele Taschen und bietet so Platz für Geräte zur Verteidigung und zur Unterstützung meiner Spürnase. Zum Beispiel mein Opinel-Messer, das ich sowohl in

Nord- als auch in Südamerika immer dabei hatte. Damals war ich noch wilder und trug es um den Hals gebunden, damit ich immer schnell etwas schnitzen konnte.
Das Gilet bietet auch der kleinen Stirnlampe, der Sonnenuhr und dem Vergrösserungsglas genügend Stauraum. So gewappnet sitze ich also in der Sonne und warte auf die Angelfischersche Darbietung.
Das Mikrofon quietscht und eine Dame in meinem Alter und rot gefärbtem Haar und grünem Blazer sagt, sie sei im Gemeinderat. Und dass sie Parks und grüne Flächen fördern wolle und ihr besonders der Egelseepark sehr am Herzen liege.
Ich habe die Frau noch nie hier gesehen. Wie kann ihr da der Park am Herzen liegen? Aber sie wirkt nett, das muss ich zugeben. Auch hübsch. Wenn der Park mehr von solchen bevölkert würde als von unansehnlichen AFSlern, das würde dem Park gut gefallen. Lauter solche Damen mit bunten Haaren und bunten Blazern auf seinen Bänken. Das gäbe ein fröhliches Bild.
Jetzt zeigt die Frau auf die Schilder und sagt die Namen der zwei neu getauften Wege. Sie heissen „Es promeniert" und „Gleiten und Schreiten". Schon eher originelle Namen für Strassen. Dass das von Bürokratenköpfen aus ihren Bleistifthirnen gespitzt wurde, das erstaunt mich erheblich.
Die Frau sagt, dass sie diese Namen höchstpersönlich selbst ausgesucht habe. Und dass das Titel von Bildern vom Paul Klee seien, der nämlich hier auf diesen Wegen immer gerne sich promeniert habe. Da beginnt das Rot des Haars der Gemeinderätin seltsam zu flimmern und ich werde grad wie um Jahrzehnte zurückgeworfen. Ich sehe Paul Klee, wie der durch farbige Vierecke

steigt, dahinter ein See, auf den viele bunte Blazer zugaloppieren, und die Ärmel sind die Beine und dann springen sie in den See und in ihm drin ziehen sie sich aus und es sind Brüste. Bei Brüsten muss ich in letzter Zeit immer an Frau Sicherheitsbeamtin Rita Blüehler denken, aber das kann ich jetzt nicht gebrauchen. Schnell schüttle ich meinen Kopf. Auch hilft es, gegen das rechte Ohr zu klopfen, dann fallen die Gedanken zum linken wieder heraus.
Wie ich also wieder in der Gegenwart bin, sitzt die hübsche Gemeinderätin bereits auf einer Bank, neben ihr einer dieser üblen Anzugträger, die sich frecherweise Banker nennen, als hätten sie etwas mit Bänken und mit Parks zu tun. Der Anzügler legt der Gemeinderätin die Hand aufs Knie.
Jetzt krückt sich der Krückenpatrick zum Mikrofon und in den Vordergrund und schaut wichtig ins Publikum. Er dankt der Gemeinderätin beiläufig für die Schilder, dann reisst er die Augen weit auf und stützt sich tief in seine Krücke, als brauche er Halt für das Ungeheuerliche, was er jetzt sagen würde.
Und der Krückenpatrick erzählt, dass er im Park einen menschlichen Fuss gefunden habe.

*

Da hörte und sah ich alles nur noch durch ein Summen hindurch. Dass es mich nicht zusammengeklappt und verräumt hat, das ist ein Wunder und einerseits meiner guten Statur, aber auch dem Salbei zu verdanken.
Krückenpatrick erzählte, dass er den Fuss auf Geheiss der Polizei an einem sicheren Ort versteckt habe und

dass er sich grosszügigerweise als beratender Sonderpolizist zu Verfügung stelle. Hausi Hinteregger japste begeistert und begann sofort in seinen fettigen Reporterblock zu bleistiften.
Dann bewegte sich der junge Polizist nach vorn. Unterwegs hob er die Handfläche und schlug sie im Stil der Amerikaner mit der von Kevin zusammen. Vorne stellte er sich neben Krückenpatrick. Sein Name sei Luca Thommen von der Stadtpolizei, Abteilung Gewässer, sagte er ins Mikrofon. Es fiepte. Er danke Herrn Patrick Mosimann für seinen tollen Einsatz im Dienst der Allgemeinheit und seine weitere Mitarbeit.
Da bei der städtischen Polizei leider das Betriebssystem Police ausgestiegen sei, seien sie momentan sehr auf die Mitarbeit von vorbildlichen Bürgern wie eben Patrick Mosimann angewiesen.
Worauf wieder der Krückenpatrick sich zum Mikrofon schob und noch weitere Sachen sagte, aber ich stand auf und schlich weg. Eine tiefe Schwärze grub sich in mein Herz.
Ich ging durch die Strassen und merkte, dass die Ente gar nicht mehr bei mir war.
Die Ente ist auch nicht mehr nach Hause gekommen. Nicht an dem Abend, nicht am nächsten, nicht am übernächsten.

*

Die letzten Tage habe ich in der Einsamkeit meiner Klause mich wieder zu sortieren versucht. Während die Alleinigkeit über Jahre mein angestammter und gewählter Zustand der Wohligkeit gewesen war, hat mich

das Verschwinden der Ente nun doch getroffen. Eine Seelenverwandte, hatte ich gedacht, hätte ich in ihr gefunden gehabt. Eine Art zweiten Gerhard. Was falsch gedacht war, denn untreu hat sie sich nun gezeigt. Untreu, wie schon die Jugendlichen. Dass ich der Ente derart vertraut habe, hat insbesondere mit ihrem Entensein zu tun. Zwar sind Enten nicht mein Krafttier, aber Vögel im Allgemeinen liegen meinem geflügelten Wesen nahe. Ich muss zugeben, dass ich überrascht wurde. Nie hätte ich gedacht, von Tieren enttäuscht zu werden. Und wer weiss, was die Ente weiss? Womöglich hat sie mir Informationen verheimlicht! Vielleicht war sie bloss deshalb so nett zu mir, weil sie mich ausschnüffeln wollte, testen wollte, wie viel ich weiss. Und ist dann direkt zur Polizei übergelaufen! Und nächste Woche sehe ich sie auf Streife, als Polizeiente mit Sonnenbrille! Ja, so ergeht es einem Gerhard, wenn er beginnt, anderen zu vertrauen. Viel besser ist er alleine.
In solchen Gedanken mich unwohl schwingend trank ich die letzten Tage mehr des Whiksys als des Salbeis. Um mich zusätzlich zu beruhigen, habe ich damit begonnen, einen Eames Lounge Chair zu zimmern, der mir das scharfsinnige Denken mit kühlem, komfortablem Polster unterlegen wird.
Das kann man in diesen Tagen gut brauchen, denn der Juni beginnt heiss vom Himmel zu brennen. In Italien sind die Waldbrände, weil die Mafiamitglieder die Felder der Bauern und die Wälder und alles abfackeln. Korruption ist ein grosses Problem der Menschheit. Ich zum Beispiel war nie korrupt, aber der AFS, der ist es. Der steht der italienischen Mafia in Boshaftigkeit und Gewaltbereitschaft in nichts nach. Verflucht soll

Krückenpatrick sein, dass er den Fuss hat! Verflucht! Ich schwinge bedrohlich meine Faust. Aber Gewalt ist keine Lösung! Gewalt ist für Dumme!
Ich gebe zu, ich habe ans Aufgeben gedacht. Aber Krückenpatrick und der AFS sind genauso dumm wie sie korrupt, verbrecherisch und brutal sind. Dank meiner tüchtigen Hirnaktivität habe ich also durchaus Chancen, denen einen dicken Strich durch die Rechnung zu machen, ein Strich, über den sie stolpern werden und sich verraten, oder wenigstens verraten, wer von ihnen die ganzen Toten auf dem Gewissen hat. Denn wer sonst als einer vom AFS sollte das gewesen sein? Die Jugendlichen? Nein. Blüehler? Niemals, viel zu sehr liebte sie ihren treuen Grimsel. Der arme. Wenigstens und nur schon wegen ihm muss ich an dem Fall dranbleiben. Aber war der Mörder Grimsels auch der Mörder des Fusses? Also nicht des Fusses, des Mannes, an dem der Fuss angewachsen gewesen war? Oder ist der vielleicht nur unglücklich in den See gefallen? Oder war so unglücklich, dass er seinem Leben selbst ein Ende im Egelsee bereitet hat? Und was ist mit der Graugans? Die Graugans und Grimsel haben gemeinsam, dass sie vergiftet wurden. Vermutlich vergiftet. Das gilt es noch zu beweisen.

*

Mit Wasser strähnle ich mir das Haar an den Kopf. Als Hose nehme ich die eng genähte in hellem Jeans, dazu wieder das gelbe Hemd. Die obersten Knöpfe lasse ich verwegen offen. Dann die praktischen Mokassins, die ich im Stil der nordamerikanischen Ureinwohner selber

fachmännisch gefertigt habe. Zum Schluss das Jeansgilet mit den vielen Taschen, welches mir wirklich unentbehrlich geworden ist. Ausserdem sticht sein Blau das Blau meiner Augen hervor. Das haben mir bereits viele Vertreterinnen des weiblichen Geschlechts bestätigt.
Und einer solchen werde ich heute einen Besuch abstatten. Denn Blüehler entwickelte sich über die letzte Zeit zu einer getreuen Informantin und ich glaube, mein kokettes Aussehen und ein, zwei charmante Sprüche sind daran nicht ganz unschuldig, um das mal so zu sagen.
Als attraktivierter Gerhard ist meine Laune ausserdem wieder erheblich besser, obwohl Krückenpatricks Fund des Fusses auf den ersten Blick natürlich ein fulminanter Dämpfer ist.
Eigentlich auch auf den zweiten Blick. Auf den dritten auch, aber es geht darum, das grosse Ganze zu überblicken! Und so betrachtet, ist der Rummel um Krückenpatrick jetzt gar nicht so schlimm, denn in dessen Schatten kann ich meine Ermittlungen nun viel ungestörter vorantreiben.
Wenigstens weiss ich, wo der Fuss ist. Und die Polizei hat mit diesem Tschugger Thommen bloss wieder gezeigt, was für ein Verein von Hohlköpfen sie sind. Hat die Schmier in dieser Stadt eigentlich jemals etwas zustande gebracht? Ich jedenfalls habe das noch nie erlebt.
Natürlich muss ich nun herausfinden, wie der Krückenpatrick den Fuss gefunden hat. Dass das bei der Seesiebung passiert ist, glaube ich nicht. Mit meinen eigenen Ohren habe ich ja gehört, wie Kevin seinem Kumpan erzählt hat, dass sie den See jeweils gar nicht sieben.

Nein, am Tag der Seesiebung war der Fuss bereits nicht mehr im Bast.
Deshalb bin ich nun unterwegs zur Blüehler Rita. Denn in der Nacht, da die Jugendlichen den Fuss bergen wollten, in der Nacht, da der Fuss verschwand – da war Blüehler auch da gewesen, auf Patrouille mit Grimsel selig.
Nun, da sie den armen Grimsel verloren hat, sind wir ausserdem sozusagen Verbündete, auf eine Art und Weise. An mir nagt der Verlust der Ente sehr, auch wenn ich es nicht offen zeige.

*

Wie Blüehler die Tür öffnet, sieht sie noch ein grosses Stück trauriger aus als letztes Mal. Ich meine, draussen plappern die Vögel und die Sonne blinzelt vergnügt auf uns herunter, als gäbe es nichts Schlimmes auf der Welt.
Blüehler scheint jedoch nie recht rauszugehen. Bleich sieht sie aus und ihre Uniform macht einen speckigen Eindruck.
Weil ich nicht weiss, was ich zu ihr sagen soll, frage ich, ob ich schnell die Toilette benutzen dürfe. Blüehler zeigt mit der Hand ins Wohnungsinnere. Ich schaue auf ihre Hand und warte. Dann beginnt sie zu wedeln und Blüehler sagt: „Komm rein."
Blüehlers Toilette ist sehr interessant. Sie hat zum Beispiel eine violette Flauschedecke auf den Toilettendeckel genäht. Um etwas Zeit verstreichen zu lassen, streichle ich den kuschligen Blüehlerschen Toilettendeckel, dann überprüfe ich im Spiegel mein Aussehen frontal und im Profil.
Wobei mir die Überprüfung des eigenen Profils immer

sehr schwerfällt, meine Augen stehen einfach nicht weit genug auseinander. Für die Ente zum Beispiel wäre das kein Problem. Ich versuche den Kopf ganz schnell zu drehen, um quasi die Physik mittels optischer Täuschung auszutricksen. Dann drücke ich auf die Spülung und atme tief durch.

Im Flur eröffne ich Blüehler, dass ich Ermittlungen im Falle des Gifttodes des Grimsels und auch der Graugans anstelle und dass ich deshalb mit ihr sprechen möchte. Von meinen kommissärischen Tätigkeiten auf der Jagd nach Fuss und Leiche erzähle ich erst mal noch nichts.

Wie ich die Graugans und eben den Park erwähne, meint Rita müde und unbeeindruckt: „Jetzt haben sie anscheinend sogar einen Fuss gefunden."

Ich blicke sie wissend und düster an und nicke stumm. Dann geleitet mich das traurige Blüehlerbündel in ihr Wohnzimmer, wo eine offene Roséflasche auf dem Stubentisch steht. Der Stubentisch ist aus Rattan. Neben der Flasche steht der Computer. Auf dem Bildschirm vom Computer sind Fotos von Hunden und Bilder von Engeln. Wie ich interessiert gucke, sagt Rita, das sei ein virtueller Hundefriedhof. Hier habe sie Grimsel eine Gedenkstätte gestaltet, die sie jeden Tag besuche.

Und ihre braunen Knopfaugen kriegen ein trauriges Glänzen, dass es mir fast das Herz bricht. Die Arme muss schnell wieder Mut und Hoffnung schöpfen im Leben.

Ich erzähle, dass wohl jemand im Park Gift streut, welches die armen Tiere dann essen. Blüehler meint, Grimsel habe immer irgendwas gekaut auf Patrouille. Allgemein sei er ein Hund gewesen, der der Nahrung

nicht abgeneigt gewesen sei. Die anderen Securitashundeführer hätten an den Brevetrepetitionsschulungen Witze über seine leicht pummelige Erscheinung gemacht. Deshalb habe sie Angst, dass ihr am Ende gar kein Hund mehr zugewiesen werde, das sei doch komisch, dass sie schon so lange warten müsse! Überhaupt: Diese ständige Bereitschaft, ohne dass etwas geschehe, das setze ihr schon zu ... Sie giesst mir und sich einen guten Schluck Rosé in elegant langstielige Gläser. Mir fällt auf, dass sie wohl schon einiges gebechert hat, dass sie wohl nicht nur vom Kummer lallt.
Sie vermisse ihre Zeit mit Grimsel im Park so sehr, gesteht sie, dass sie nachts manchmal wieder hingehe. Ohne Hund fühle sie sich aber unsicher und nutzlos, deshalb verstecke sie sich hinter den Bäumen und in den Büschen.
Sie schaut mich schüchtern an und sagt, dass ihr das peinlich sei, mir so was zu erzählen. Ich entgegne sofort, sie könne mir beruhigt alles sagen, nichts müsse ihr unangenehm sein!
Und dann erzählt sie, dass es eine Gruppe von Hündelerinnen im Park gebe. Frauen in ihrem Alter seien das. Dass die sich immer am Freitag um Mitternacht am Nordeingang treffen würden und dann verschwörerisch mit ihren Hunden durch den Park wandelten. Dass sie einen Schlüssel für den Park hätten. Blüehler habe begonnen diese Frauen zu beobachten. Und dann gemerkt habe, dass sie ihnen eigentlich deswegen folge, weil sie gerne eine von ihnen wäre. Ich sage der Blüehler Rita sofort, dass diese Frauen sicher alle sehr viel langweiliger und dümmer seien als sie. Darüber hinaus sei so ein Verhalten unheimlich und auch verdächtig,

wenn jemand Unbekanntes plötzlich einen Schlüssel zum Park habe.
Das scheint ihr enorm an der Seele zu schmeicheln, sie lächelt und ihre Backen beginnen sich bekömmlich zu röten. Dann leert sie ihr Glas und gesteht, dass sie das Alleinsein fast nicht aushalte. Sie habe nur Grimsel gehabt. Mit den Männern zum Beispiel habe sie immer nur Pech gehabt, sagt sie und schaut mich so komisch von der Seite an.
Der letzte sei ja Krückenpatrick gewesen, ja, so verzweifelt sei sie gewesen, dass sie sich sogar von so einem Mistkerl habe blenden lassen. Anfangs habe sie seine lateinamerikanische Seite noch einigermassen beeindruckt, aber dann ...
Da kann ich nicht anders und lache: „Hä? Krückenpatrick ein Latino?“
Worauf Rita sagt, dass sie den Übernamen „Krückenpatrick“ recht fies finde, obwohl er ein Arschloch sei. Jedenfalls sei er eben Kolumbianer und gar nicht wirklich Schweizer, behauptet sie. Das erstaunt mich jetzt aber sehr und ich sage, Krückenpatrick sei von mir aus gesehen so schweizerisch, dass er, wenn er sich mit den Armen breit auf seine Krücken abstützt, wie ein dickes Schweizerkreuz aussieht.
Da lacht Rita endlich und erzählt, dass Krückenpatrick als Nachfahre von Deutschen und Schweizer Auswanderern in Kolumbien aufgewachsen und mit neun Jahren, zusammen mit seiner Mutter, zurückgekommen sei. Sein Vater und all seine Verwandten seien noch immer in Kolumbien.
Na und? Das ist nun wirklich nicht sehr exotisch, da habe ich ja wohl mehr von der Welt gesehen. Das sage ich aber

nicht. Sondern lausche weiter, was Blüehler erzählt: dass das mit Patrick und ihr nur ganz kurz gehalten habe, anderthalb Wochen nur. Dann habe er Besuch bekommen von seinem Halbbruder aus Ibagué. Der sei aber irgendwie doch nie aufgetaucht, jedenfalls sei Krückenpatrick da plötzlich total komisch geworden, so, dass es Blüehler zu blöd geworden sei. Sie sehne sich aber eigentlich sehr nach jemandem, der sie ab und zu in den Arm nehmen würde, sagt sie, und schaut mich wieder so komisch von der Seite an, dass sich bei mir ein seltsames Gefühl in der Bauchgegend breitmacht und mich etwas packt, ich den feschen Gerhard gebe und verkünde: „Rita, ich lade dich jetzt auf eine Pizza ein."
Sie freut sich, geht in die Küche und öffnet eine Flasche Prosecco. Ein bekömmliches Getränk, das alsbald zwischen uns zu kräuseln beginnt.
Dass ich eins auf dicke Hosentasche machen kann, liegt daran, dass ich beim Pizzadienst meine Stempelkarte voll habe. Ich will aber nicht, dass Blüehler, das heisst Rita, das merkt. Deshalb zeige ich dem Burschen, als der uns die Bestellungen bringt, schnell und geschickt im Geheimen und hinter vorgehaltener Hand die volle Stempelkarte, und als er mir die neue gibt, verstecke ich die sofort in der Hosentasche.
Wie wir auf ihrer Barhockerkombination sitzen, mit einer brennenden Kerze zwischen uns, schlägt Rita vor, die Pizzas zu teilen und das stört mich nicht einmal, im Gegenteil, ich habe kurz ein Gefühl, dass ich mit ihr eigentlich ganz viel teilen würde, aber den Gedanken wische ich sofort zur Seite, nicht nur, weil er nicht wirtschaftlich ist. Wir essen also Funghi und Margarita, wobei ich die Margarita bestellt habe, was ich immer tue,

ich bestelle wirklich immer Margarita, das fällt mir da grad auf und auch, dass darin ja Rita enthalten ist! Das sage ich ihr und wir müssen lachen. Dann schaut sie aber schon wieder auf die Fotografie von Grimsel neben dem Bild mit Gewürzen und Tränen kullern über ihre Backen. Dass ich zittrig meine Hand auf ihren Ellenbogen legen muss. Also es ist kein Müssen, die Hand ist einfach irgendwie dort gelandet.
Und ich vorsichtig den Blüehlerschen Ellenbogen etwas zu massieren beginne. Weil es heisst doch, dass die Massagetechnik stresslösend sich auf das menschliche Wohlbefinden auswirkt, das wurde mir jedenfalls auf den Pazifischen Inseln von den Ureinwohnern so beigebracht. Es scheint zu stimmen, denn Blüehler beginnt dieselbe Technik an meinem Knie anzuwenden. Die Barhockeridee, die auf den ersten raumplanerischen Blick sehr praktisch erscheint, ruckelt aber ziemlich.
Wir holpern also von unseren Hockern herunter und plötzlich sind wir irgendwie wieder da, wo wir im Park waren. Also nicht, dass wir eine Raumzeitdimensionsverschiebung erleben. Es fühlt sich einfach wieder so an. Die Gefühle wallen zurück in die Nacht des AFS-Festes und körpermittig auch nach vorne, ich weiss gar nicht recht, wie mir wird! Dass sich, da Rita ihre Hand auf den Reissverschluss meiner gutgewählten, aber jetzt etwas drückenden Jeanshose legt, ein mir bekanntes Pulsieren in meiner Männlichkeit zu etablieren beginnt und dass sich etwas, nun ja, nennen wir es so, entlädt.
Und auf einmal kreist die ganze Welt an Blüehlers Wohnungsdecke und alle tragen Affenmasken und lachen mich aus, und das auf die fürchterlichste Art, wie man jemanden auslachen kann.

Und ich, ich kann nicht anders, ich sage, ich müsse schnell zur Toilette, aber ich gehe nur bis zur Haustüre und dann nehme ich Reissaus!
Und renne, renne immer weiter, bis ich fast beim Bahnhof bin und mich auf eine Bank setze. Ich, der grösste Hasenfuss-Gerhard der Welt, Versager im Allgemeinen und allem. Als Kommissär bin ich eine Enttäuschung und als Liebhaber auch. Als Mann habe ich versagt. Überhaupt mache ich mir doch immer alles nur vor.

*

Wie ich dort sitze, merke ich, wie mich die Leute dumm anschauen. Dass meine Traurigkeit wie in einem Zoo ausgestellt und von den Leuten angestarrt wird.
Ich stehe auf und gehe langsam durch die Strassen dieser freudlosen und hässlichen kleinen Stadt, in der ich friste. Wie ich am Denner vorbeikomme, kehrte ich ein und kaufe einen Whiksy. Was bleibt einem wie mir anderes.
Die Schritte fallen mir schwer und der Weg zur Klause scheint unendlich. He nu, wenn mich die Welt so haben will, dann kann sie mich so haben. Ich setze mich in der Nähe des Einkaufszentrums hinter dem Bahnhof auf eine Bank und gönne mir ein paar Schluck. Dass mir warm wird im Bauch und ich denke, jetzt habt ihr mich, wo ihr mich schon immer haben wolltet. Denn es hat schon immer geheissen, aus dem Stöckli Gerhard wird nie etwas werden. Ich schaue in die Wolken und wie sich Tina neben mich setzt, da freue ich mich fast ein bisschen.

III

Beglückt uns die Sonne auf unsere Glatzen, sind wir froh. Versucht der Regen uns den Rausch aus den Köpfen zu waschen, machen wir uns unters Vordach. Das Vordach ist das Vordach vom Einkaufszentrum. So ist das Leben hier hinter dem Bahnhof. Es ist nicht das Spektakel, nicht die Verwirklichung, aber es ist beständig.
Ich sitze meistens auf der zweiten Bank von links, zusammen mit Tina. Manchmal setzt sich Rudi mit seinem Gepäckwagen zu uns. Neben ihm will niemand sitzen, weil er es nicht so mit dem Hygienischen hat. Eigentlich haben es die meisten hier nicht so mit dem Hygienischen, aber Rudi hat kein Zimmer und keine Klause und übertrifft so alle. Immerhin versucht Rudi einem nicht ständig das Ohr wegzureden, was ein grosser Vorteil ist. Er ist hauptsächlich mit dem Umsortieren seiner Siebensachen im Gepäckwagen beschäftigt. Heutzutage sitze ich also mit den neuen Kumpanen auf den Bänken hinter dem Bahnhof, der Whiksy ist auch da und macht, dass es sich halbwegs in Ordnung anfühlt. Weil gut fühlt es sich nicht an.
Als Kumpanen hatte ich mir eher eine Kompanie zur Aufklärung von Fällen gewünscht. Aber der Stöckli Gerhard hat im Leben noch nie bekommen, was er gerne gehabt hätte. Und so lebt er halt weiter.
Gegenüber im Einkaufszentrum sitzen die Mehrbesseren im Asienwok an der Bar und glotzen uns durch eine grosse Scheibe an. Wie die Hühner auf einer Stange, sagen wir und zeigen auf sie und lachen, um so ein Gemeinschaftsgefühl heraufzubeschwören. Solches Verhalten habe ich früher verabscheut. Jetzt mache ich mit, denn dem Whiksy ist es egal, ob ich so bin oder anders.

Die, die im Asienwok hinter der Scheibe aufgereiht an der Bar sitzen, essen nie etwas.
Sie sitzen einfach mehrbesserig bei jeder Witterung im Trockenen und trinken Stangenbier aus dem Glas, weil man kann es sich ja leisten. Als Musik hören sie das Radio, das im ganzen Einkaufszentrum läuft.
Wir hingegen halten uns hier draussen an der frischen Luft viel gesünder.
Manchmal denke ich an Blüehler. Blüehler, die nicht recht rausgeht und zu Hause in ihrer Uniform auf den neuen Hund wartet. Oder bereits mit einem neuen durch den verregneten Wald pflotscht.
Es regnet diesen Sommer ständig. Der Frühling war fröhlich und jetzt ist nur noch Regen. Ich mag den Regen, die Regenzeit ist sehr wichtig für meine Freunde, die Bäume und Sträucher, aber mit meinem einzigen Regenschirm ist es kompliziert wegen den neuen Kumpanen. Ständig versucht ihn mir einer zu stehlen oder sie beginnen herumzufauchen und mir zu sagen, ich sei nicht sozial, weil ich den Schirm für mich behalte.
Meistens sind wir aber einig und besiedeln friedlich unser angestammtes Territorium und machen Grimassen zu den Glotzern vom Asienwok, wie sie stumm auf einer Stange vor ihrer Stange sitzen. Den Wok erreichen sie jeweils einzeln und ab vier Uhr, wenn sie den Feierabend feiern. Dann gehen sie zur Kasse, nehmen sich das Bier, setzen sich an die Stange und glotzen uns blöd an. Wenn die Stange Bier leer ist, holen sie noch eine oder gehen mit dem Auto nach Hause zu ihren Weibsfrauen und den Kindern. Aber vorher müssen sie uns jeden Tag mindestens eine halbe Stunde lang anglotzen, bevor sie sich zu Hause sicher mit ihrer Brut vor den Fernseher hocken, um den

genauso blöd anzuglotzen. So stelle ich mir die vor.
Das sind nämlich genau die, die blöd hinter mir her schauen, und dabei „randständig“ denken.
Ihr Glotzen ist schlimm. Wenigstens rufen sie nicht auch noch Gemeinheiten, wie die vom AFS. Die vermisse ich gar nicht, die vom AFS.
Aber den Park, den vermisse ich schon. Hier ist die Grünfläche spärlich. Nur drei Bäume hat es, eingekesselt in graue Kreise aus Asphalt.
Auch an die Ente denke ich manchmal, dieses treulose Geschöpf. Gleichzeitig mit der Hoffnung hat sie mich verlassen.

*

Es regnet wieder und ich habe den Schirm zu Hause vergessen. Eigentlich zum Glück habe ich den Schirm vergessen, denn Karate Hurni ist hier, der immer kämpfen will und Kicks in die Luft macht. Dem hat das Bier schon komplett die Windungen aus dem Hirn geätzt, sodass er nicht mehr zwischen Freund und Feind unterscheiden kann. Dann stiehlt er mir den Schirm oder kickt ihn kaputt.
Es ist anstrengend, mit Karate Hurni zu verkehren. Auch sagt er, er sei eigentlich nie an etwas Schuld, weil er das Unglück habe, arbeitslos zu sein. Aber ich meine, von uns hier sind wohl alle sehr arbeitslos, vielleicht sogar mehr als der Karate Hurni! Aber das sieht er nicht. Er sieht nur seine Kicks.
Wie ich das denke, sind meine Gedanken zum Glück vor seinen Kicks und überhaupt gut geschützt, auch gegen den sauren Regen, denn ich habe mir mit der Tüte aus

dem Whiksywarengeschäft einen Helmschutz auf den Kopf skulpturiert und so macht das doch recht eine Gattung.
Ich nehme noch einmal einen guten Schluck. Das Karussell beginnt über meinem Kopf rasant sich zu drehen, oft wird mir nun auch etwas schwindelig vor den Augen. Hurni kickt in meine Richtung, dass ich zurückschrecke und mit dem Karussell, das so schnell dreht, fliegt mir der gesamte Helmschutz vom Kopf und herunter. Wie ich mich danach bücke, sehe ich im Augenwinkel eine Gruppe Jugendliche mit einem Einkaufswagen und einem grossen Buben auf Rollschuhen, der sich am Wagen festhält und so von den anderen ziehen lässt. Ich bin ganz baff und glaube, die Jugendlichen und auch Corsin zu sehen, aber dann ruft Rudi, dass die Schmier im Anmarsch sei. Ich schaue nochmal in die Richtung, da ich die Jugendlichen gesehen habe, aber da ist nichts mehr.
Wenn die Schmier kommt, müssen wir uns nach dem Plan verhalten. Der Plan besagt, sobald jemand von uns sieht, wie sie sich anpirschen, dann muss die Person schnell den Überblick gewinnen und die Leute an die Standorte schicken. Weil es ist Gruppen wie uns verboten, hinter dem Bahnhof den Whiksy zu trinken oder das Gepäck in den Einkaufswagen zu sortieren. Weil die ehrbaren Bürger stören sich daran. Weil ich bin ja für die kein ehrbarer Bürger. Leute wie der Krückenpatrick aber schon. Jedenfalls, wie ich den Helmschutz zusammensammle, merke ich eben gar nicht, wie die Schmier schon auf dem Platz angekommen ist, und muss mich nun sputen.
Unser Trick ist, dass wir uns verteilen. Wir dürfen nicht mehr als zwei sein, weil ab drei gelten wir als eine Gruppe, und dann darf man uns verjagen und piesacken.

Also gehen zum Beispiel zwei zum Postbriefkasten, dann kann man sagen, man habe gerade einen Brief eingeworfen. Oder in die Telefonzelle. Oder an eine Bushaltestelle, dann muss man angestrengt auf den Fahrplan schauen.
Ich gehe meistens mit Tina zu einem Postbriefkasten und Tina spricht über Philatelie. Sie findet das interessant.
Dieses Schauspielchen spielt man, bis die Schmier wieder weg ist. Dann gruppiert man sich wieder zu den Bänken und nimmt seinen angestammten Platz ein.
Aber wie Tina und ich uns nach einer Viertelstunde wieder in Richtung Bänke bewegen, ist dort der Hurni Karate Kicks gegen die Tschugger am machen. Kickt in die Luft und säbelt mit den Armen herum, als wäre er dem Shaolinkloster entstiegen. Wobei er von den Shaolin natürlich keine Ahnung hat, im Gegensatz zu mir. Aber das hilft jetzt auch nichts, denn die Herren Polizisten haben mich schon in ihr Visier gerückt. Ein besonders junger und engagierter marschiert mit zwei Kollegen als Rückendeckung zu mir hin, baut sich vor mir auf und sagt: „Personenkontrolle, Ausweis!"
Wie er das sagt, bin ich ganz hypnotisiert von seinen eng zusammenstehenden Augen, so eng sind die, dass man nicht recht weiss, ist dieser Tschugger womöglich ein Zyklop. Irgendwie denke ich auch, dass ich ihn bereits getroffen habe, aber mir fällt nicht ein, wann und wo das gewesen wäre. Ausserdem bin ich ganz benebelt von seinem Mundgeruch.
Ich reiche dem Herrn Mangelnde Mundhygiene also meinen Ausweis, worauf der zuerst verblüfft guckt und dann zu heulen beginnt, als hätte sein Hyänenrudel einen toten Elefanten entdeckt. Dann sagt er, er wolle meinen

richtigen Ausweis. Ich mache ihn darauf aufmerksam, dass das mein richtiger Ausweis ist, den ich ehrenamtlich selbst gefertigt habe und der mich in meiner Gerhardheit vollumfänglich als Bürger vertritt.
Einer der anderen Tschugger sagt in sein Telefon: „Es kommt noch einer mit, zwei Personen, aufgefasst am Bahnhof."
Ich mache natürlich sofort den Hasen, aber sie fangen mich ein und binden meine Handgelenke mit Kabelbindern zusammen. Menschen bleiben stehen und gaffen und mir ist, als würde ich unter ihnen auch das traurige Gesicht der Blüehler entdecken. Aber das passiert mir in letzter Zeit häufig. Dass ich ihre trüben Knopfaugen plötzlich in einer Scheibe oder andersartigen Reflexionen erblicke und dann ist sie wieder weg, weil ich sie mir nur sehr bildlich vorgestellt habe. Das erzähle ich aber nie jemandem, nicht mal Tina.

*

Auf dem Posten waren nur wir gefangen, Karate Hurni und ich. Den renitenten Hurni haben sie ohne ein Wort in eine Zelle geschubst, wie ein Tier eigentlich, ein gefährliches, haben sie ihn behandelt. Er hat sich mit Kicks gewehrt und Hiiyaa-Rufe gemacht, wie in den Filmen. Irgendwann war er erschöpft und knurrte nur noch wie ein Hund.
Meine Wenigkeit hat mit den Herren ein Gespräch gesucht, aber es war nicht viel zu machen. Sie wollten die Offizialität meines Ausweises nicht anerkennen und behaupteten, sie müssten herausfinden, ob es mich wirklich gebe, und so lange müsse ich warten. Dann

kam der junge Tschugger zu mir und sagte, ich solle etwas ausfüllen. Es waren Blätter mit Vorschriften und Informationen.
So aus der Nähe sah ich das Ausmass seiner schlechten Zähne, die sahen noch einiges schlimmer aus als die von Rudi mit dem Gepäckwagen. Mir wird das zum Glück nie passieren. Ich musste noch nie zum Zahnarzt, weil ich mir im Himalaya meine eigene dentale Methode ermeditiert habe. Die Mönche dort haben auch keinen Zahnarzt. Sie haben ihre eigene Methode entwickelt und die habe ich abgeändert. Das war nötig, denn wegen der Höhenlage ist der Druck auf das Gebiss hier in anderen bar und das muss man berücksichtigen.
Ich hätte diesen jungen Tschugger also vieles lehren können, aber der wedelte mit seinen Beamtenblättern. Ich sagte: „Ich brauche einen Stuhl, bevor ich etwas unterschreibe. Weil ich will mich setzen, denn erst nach gründlichem Studium kann ich meine Unterschrift auf dies Papier setzen."
Während er mir einen Stuhl holte, knirschte er dermassen auf seiner Karies herum, dass einem Angst werden konnte. Und wie wir da stumm im selben Raum sassen, wurde mir klar, woher er seine schlechten Zähne hat. Dosenweise trank er diese schrecklichen Büchsengetränke, auf denen Energy draufsteht, die kenne ich von meinen Nachbarn der Schlägergruppierung. Daher auch der Gestank aus ihren Mündern. Wie ich mir Gedanken über die Trinkgewohnheiten der heutigen gewaltbereiten jungen Menschen machte, zischelte der junge Tschugger plötzlich: „Los, an die Wand, Beine gespreizt!"
Ich wollte ihm gerade meine Rechte darlegen, da kam einer seiner Kollegen mit Gummihandschuhen an den

Händen herein und sie drückten mich an die Wand und dann zogen sie mir die Hosen herunter und der Kollege steckte mir seinen Finger in den Hintereingang.
Es war noch viel furchtbarer, als Krückenpatrick je zu mir war. Und ich dachte: Nein!
NEIN, das ist alles verkehrt.
Ich sollte hier der Komissär sein und stattdessen bin ich mit einem Halbhund wie dem Hurni hier und uns werden die Hosen heruntergerissen. Hurni, der Hund, pisste einfach drauflos, als sein Penis nackt in der entwürdigenden Gefängnisluft hing. Urinierte einfach gegen die Wand und über seine eigenen Beine und Schuhe und die Hände der Bullen. Die fluchten laut los und ich dachte wieder NEIN.
Ich beschloss, dass ich mein Leben sofort ändere, denn ich bin der Kommissär.
Mir wurde klar, dass mich der Whiksy in all das reingestürzt hat.
Der Whiksy ist nicht mehr mein Freund.

*

Es ist schon Abend, wie ich zu meiner Klause komme. Die Schlägergruppierung ist mir richtig fast egal, nach dem Schrecken, den ich bei der Schmier erlebte. So gehe ich gleichzeitig ermatteten Schrittes, weil das Erlebte mir schwer auf der Seele sitzt, aber eben auch erleichtert, weil ich diesem Höllengefängnis endlich entkommen bin. Wie ich von der Strasse einbiege und mich die Treppe entlang durchs Gestrüpp zum Hauseingang kämpfe, denke ich, dass ich hier dringend wiedermal mit der Machete ein bisschen nach dem Rechten sehen

sollte. Das wird mich stärken und auf bessere Gedanken bringen. Meine Machete habe ich nach Art der karibischen Zuckerrohrbauern selbst gefertigt.
So eine Machete ist ein gefährliches Werkzeug, man muss wissen, wie man es in welchem Winkel am besten schwingt. Das erfordert viel Übung. Ich mache das jeweilen, während die von der Schlägergruppierung schlafen. Es wäre zu gefährlich, wenn die wüssten, dass sich eine Machete im Hause befindet.
Obwohl man die werten Nachbarn fast gar nicht mehr sieht. Und wenn, sind sie bleich und haben rot unterlaufene Augen, weil sie wohl nie recht schlafen. Immer ist Licht in ihren Klausen und sie hören monotone Lärmmusik, dass die Fensterläden scheppern.
Für einmal brauche ich aber gar keinen Schlaftee und Whiksy werde ich keinen mehr trinken, nie wieder! Ich bin so müde, dass ich mich in meinen schmutzigen Kleidern sofort der heilenden Wirkung des Schlafes hingebe.

*

Ich renne so schnell ich kann.
Der Bodenbelag brennt rot in die Fusssohlen, Plastikhitze steigt in meine Nase.
Hinter mir rennt ein Mann ohne Fuss. Anstatt des Fusses hat er ein Unterbein aus gefaltetem Hightech-Blech. Das Blech hat eine Lampe dran.
Vor mir das Rot der Bahn und das Blau des Himmels, hinter mir der Mann. Er ist schnell und er will mich töten. Blaues Licht blinkt böse aus grauem Blech, dass der Schweiss wild aus den Poren jagt.

Fast kommt der Mann so nah, dass er mich greifen kann, aber dann fällt er zurück. Die Zeit beschleunigt sich in lange Ovale. Immer weiter fällt er zurück und im Augenwinkel sehe ich, wie er austrottet und sich die Hand in die Seite hält.
Ich renne weiter und weiter, bis der Gummi nicht mehr unter mir brennt, weiter über Hürden und dann über feuchten Rasen.
Ich renne auf einem schmalen Weg aus Betonplatten, bis vor mir ein langes graues Gebäude auf hohen Stelzen auftaucht. Es ist das Gymnasium, das ich einst besuchte.
Ich will die Tür zum Gymnasium aufstossen, doch sie ist verschlossen.
Niemand ist da, und wie ich in den Himmel schaue, in die Sonne, die auf die Erde brennt, sehe ich die Ente, wie sie in der Sonnenkugel sitzt und mir zuwinkt.

*

Wie ich aufschrecke, bin ich froh, meine Klause im gewohnten Zustand und das Erlebte als Traum erkennen zu können.
Von der Strasse sickert Licht auf das gute Holz meiner selbstgezimmerten Küchenleiste. Von unten rumort, mittlerweile leise, die Schlägergruppierung.
Der Wecker sagt fünf Uhr morgens. Ich will die Schleier wieder über den Augen verschliessen, als mir wieder alles einfällt. Alles.
Ich erhebe mich von meinem Lager und gehe zum Schrank, in dem ich, in feinem Tuch, die Machete aufbewahre. Wie ich sie aus dem Tuch schlage, glitzert sie

zuversichtlich und stark im Mondlicht. Ich hebe sie hoch, um sie zu bewundern. Und ich fühle, wie Kraft in mich fliesst. Nachdem ich einige Zeit so verharrte, beginne ich, mit der Machete schnell im Stil des Maculele, der Kampfkunst der alten Zuckerrohrbauern Brasiliens, zu kämpfen. Die Machete ist einverstanden. Ich kann bald nicht mehr sagen, ist sie es, die mich führt, oder bin ich es, der sie führt.

Dann schlage ich sie zurück ins Tuch und gehe mit ihr nach draussen, um des Gebüschs am Eingang endlich Herr zu werden.

Wie ich also in Gedanken die Treppe runtergehe, stolpere ich fast über einen altertümlichen Rollschuh, einen wie ihn heutzutage eigentlich niemand mehr trägt. Niemand, ausser Corsin. Etwas weiter unten sehe ich noch einen, und nun bin ich mir fast sicher.

Und was muss ich beim zweiten Schuh sehen? Neben der kaputten Couch, die die von der Schlägergruppierung zu meinem Ungemach hier hingetan haben, liegt der junge Corsin in einer unbequemen, komischen Lage, dass ich ihn zuerst fast des Todes fürchte.

Dann denke ich: „Der Verräter“, und dann: „Der verlorene Sohn“. Denn es ist wahr, dass mich die Jugendlichen damals im Stich gelassen haben. Aber die Ente hatte mir danach ja vom Unglück des Mädchens mit den Blutegeln erzählt. Natürlich war das Ungehorsam mir gegenüber gewesen, aber vor allem halt auch Leichtsinn. Ausserdem bin ich eigentlich sowieso für flache Hierarchien. Ich glaube nicht, dass mir die Jugendlichen den Fuss wegnehmen wollten.

Jedenfalls, wie Corsin neben der verschlissenen, stinkenden Couch schläft, vom fahlem Licht von der Strasse her

belichtet und mit schwarzen Schatten unter den Augen, macht er einen kranken, einen traurigen Eindruck.
Ich gehe zurück in meine Klause und verstecke die Machete wieder sicher in ihrem Geheimfach im Schrank. Dann wieder zum Jungen hin, und wie ich ihn unter den Armen packe, wacht er etwas auf, aber er scheint in einer anderen Welt zu sein. Und stinken tut er wie der Rudi mit dem Einkaufswagen. Dass man vermuten muss, dass der Bub kein Zuhause mehr hat.
Ich stütze ihn die alte Treppe hoch und schiebe ihn in meine Klause. Dort mache ich ihm die Couch zurecht und bette ihn darauf.
Wie ich ein drittes Mal nach draussen gehe, um dem Jungen seine Rollschuhe zusammenzusammeln, schaue ich in den Himmel und sehe eine Sternschnuppe. Es geht zu schnell, als dass ich mir einen guten Wunsch ausdenken könnte, und so schiebt sich einfach ein komisches Bild in meinen Kopf, eines von Blüehler und Corsin, wie sie glücklich lachen.
So gehe ich die Treppe hoch und in die Küche, oder besser: ins Labor, und nehme eine Probe der Erde, die sich zwischen den Radwindungen der Corsinschen Rollschuhe befindet. Die Probe gebe ich in ein kleines Plastiksäckchen mit Druckverschluss und lege es in die Schublade zu den anderen Proben. Sie sind gut hinter meiner Holzsteckensammlung versteckt. Die Holzstecken sammle ich, um daraus Löffel zu schnitzen. Ich nehme mir einen, klaube damit den Honig und mache mir einen Salbeitee. Setze mich in den Sessel, puste in den Tee und betrachte traurig den schlafenden Corsin, das unglückliche Kind. Morgen, wenn er wach ist, werde ich ihn befragen. Zu allem.

*

Wie ich gestern wieder eingeschlummert war, hat mich ein tiefer Schlaf ergriffen, ein Schlaf ohne Kurzstreckenläufer ohne Beine, die mich verfolgen. Ein Schlaf ohne Traum und Bedeutung, einer, der alleinig der Stärkung dient. Als ich aufwache, ist es bereits Mittag.
Corsin ist weg.
Das Sofa ist leer, die Decke zurückgeschlagen. Nur der komische Geruch von ihm, dieser metallisch-chemische Schweiss, haftet noch an den Tüchern. Es hätte viel gegeben, was ich ihn fragen wollte.
Allgemein gibt es viel, was ich diesen Sommer verpasst habe. Aber nun ist Schluss damit. Ich habe mich von Kriminellen aus meinem natürlichen Habitat, dem Park, vertreiben lassen. Aber nun werde ich mein Gebiet zurückerobern. Und wenn ich einen Mörder stellen muss, um meine Ruhe zu gewinnen. Meine und die des Parks. Der Park braucht mich.
Die schicken Mokassins lasse ich zu Hause, weil schick sein ist heute überflüssig. Ich schnüre mir die guten Wanderschuhe und stecke das Opinel ins Gilet.
Aber dann setze ich mich wieder hin.
Denn ich habe Angst, dass alles anders geworden ist und dass es dem Park schlecht geht. Ich habe Angst, dass mir der Park meine lange Abwesenheit übel nimmt. Dass er mir den Zugang zu sich verwehrt, dass mir der Flamingo nicht mehr gelingen will.
Ich habe Angst, dass sich der Park in den letzten Monaten von mir entfremdet hat.
Im schlimmsten Fall ist ein neuer Gerhard dort! Diese Vorstellung macht mich schaudern und eine alte Panik steigt

in mir auf. Es ist, als würde mein Bewusstsein rechts aus meinem Ohr steigen und dann flattert es wie ein Ballon über meinem Kopf. Und ich sehe mich selbst von dort, von meinem Bewusstsein aus, von oben.

Ich ertrage die Angst, wie ich es immer getan habe. Langsam Gerhard. Langsam atmen und fest die Stuhllehne umklammern. Fühlst du deine Finger.

Ja, ich fühle sie.

Riechst du den Salbei.

Ja, ich rieche ihn.

Nimm einen Schluck.

Du bist sicher, Gerhard.

Du bist stark.

Ich bin sicher und ich bin stark.

Der Salbei tut gut. Ich bereite zwei Liter und fülle sie in die Feldflaschen. Die Flaschen binde ich mit Schnüren zusammen und hänge sie mir über die Schultern. So gehe ich los.

*

Kühl ist es geworden. Wie ich auf dem Weg zum Park bin, wird mir gewahr, wie lange das alles schon her ist. Als die Gemeinderätin die Wege eingeweiht und Krückenpatrick den Fund vom Fuss preisgegeben hat. Anfang des Sommers war das. Nun ist bereits der Herbst da und ich merke, wie ich ihn gar nicht habe kommen sehen. Die einzige Erklärung hierfür ist, dass der Whiksy die Jahreszeiten verschwommen hat.

Whiksy kann gut und beflügelnd sein, aber er ist auch gefährlich. Das Gefängnis, die Nacht mit Karate Hurni, die schrecklichen Tschugger mit den Gummihandschuhen,

das werde ich nie vergessen. Und nie jemandem erzählen. So wie alle schlimmen Dinge, die ich erlebt habe. Möglichst schnell vergessen, aber nicht mehr dem teuflischen Whiksy frönen.
Für einen Kommissär ist solches Verhalten keine Möglichkeit. Auch ist es wichtig, nicht mit unfähigen Instanzen wie der Polizei verwechselt zu werden.
Aber es ist ein schöner Herbst, das muss schon gesagt werden. Ganz vorsichtig gehe ich um die roten und gelben Blätter herum, um die ruhenden Geister des Laubes nicht zu wecken. Und wie mir die Herbstsonne freundlich mein noch verbleibendes Haupthaar bescheint, überkommt mich fast ein gutes Gefühl. Wenn ich der Begegnung mit dem Park nur nicht so entgegenbangen müsste. Fast will mir das Bewusstsein wieder aus dem Kopf entweichen. Deshalb presse ich meine Zähne fest aufeinander. Bis dass es schmerzt. Das hilft.
So mit steifem Gebiss biege ich in „Gleiten und Schreiten“ ein.
An der Rückwand des Vereinshauses halte ich inne.
Betrunkene Stimmen von Angelfischern dringen herüber. Krückenpatrick bellt etwas, dann folgt dummes Gelächter. Schnellen Schrittes gehe ich rückwärts und aus dem Park heraus.
Was nicht heisst, dass ich mich geschlagen gebe! Das heisst nur, dass ich schlau bin. Ein schlauer Fuchs beobachtet gut, bevor er zuschlägt. Ich entsinne mich des komfortablen Verstecks, das ich im Frühling auf meiner Flucht vor dem AFS beim Baugrund gefunden hatte.
Da stehen noch immer nur die Profile herum und auf den Boden gesprayte Abtrennungen und Symbole. Bei den Büschen finde ich noch immer die kleine Kuhle,

die mir damals Schutz bot. Ich kauere darnieder und freue mich wieder über den hervorragenden Ausblick, den dieses Versteck auf den Park bietet.
Ich sehe den See und das Vereinshaus vom AFS. Davor blinkt etwas. Ja, es blendet richtiggehend.
Die Angelfischer inklusive dem dummen Kevin und Hausi Hinteregger stehen versammelt vor Krückenpatrick. Und dann sehe ich, es ist Krückenpatrick, der blendet! Oder, genauer, seine offensichtlich neuen Krücken, die im Sonnenlicht glänzen. Krückenpatrick trägt eine Sonnenbrille und fühlt sich gut. Surrend lässt er eine Krücke einfahren, damit sie kürzer wird. Die Angelfischer schauen gebannt. Hausi Hinteregger frisst eine Salami. Dann lässt Krückenpatrick die Krücke blinkend wieder ausfahren, worauf alle zu klatschen beginnen. Blanker Chromstahl mit Warnblenden hinten und vorne, er hat sich also technisch hochgerüstet.
Der See hingegen ruht noch immer friedlich und von lieblichem Bast umgeben. Die Ente, das untreue Gefieder, ist nicht zu sehen. Die Jugendlichen hingegen sind da und sitzen auf ihrem Steg. Nur Corsin fehlt. Das Mädchen mit dem Kaugummihaar scheint die Egelattacke überstanden zu haben, aber ihr Haar ist jetzt nicht mehr kaugummipink, sondern kaugummiblau.
Corsin fehlt. Fast habe ich den Verdacht, dass sich die Jugendlichen einen neuen Anführer gewählt haben, denn ein neuer Junge mit hoher Dreadlockfrisur sitzt bei ihnen.
Im Park, so scheint es, hat sich einiges geändert. Aber der See strahlt mir noch immer mit grosser Ruhe entgegen und ich schöpfe Hoffnung. Hoffnung, dass ich dem Park noch genehm bin und ihm noch immer dienen darf.

Als Nächstes werde ich den Park im Schutze der Nacht aufsuchen. Bei diesem Genfer Autosalon, den Krückenpatrick und Konsorten veranstalten, kann ich mich nicht konzentrieren.
Ich stehe auf und gehe zum Ausgang des Baugrundes, als ich bei den Stümpfen des abgerissenen Hauses Kleider herumliegen sehe. Mein kommissärischer Instinkt gebietet mir sofort, mich diesen Textilien zu nähern und sie zu inspizieren.
Über Erdhügel stolpernd, die meine Freunde, die Maulwürfe, in den Grund gegraben haben, erkenne ich zusätzlich eine Matratze. Eine, wie sie bei Tchibo oder anderen Katalogen als Gästematratze feilgeboten wird. Daneben ein offener Müllsack mit weiterer Kleidung: Eine rote Winterjacke und zwei Pullis. Ausserdem ein Buch; Kerouacs On the Road, mit einem Aufkleber, auf dem *Universitätsbibliothek* steht, und einer Musikkassette, was man heute ja nur noch selten sieht. Auf der Musikkassette steht *Rollschuhdisko Vol. 1.* Ich kann es nicht beweisen, aber ich vermute stark, dass dies die gegenwärtige Behausung des armen Corsins ist.

*

Ich weiss, dass der Park nachts nicht schläft. Am Eingang entschuldige ich mich leise bei ihm für meine lange Abwesenheit und frage, ob er mir den Zutritt noch gestattet. Das Überklettern des Zauns ist für meine zwar geschmeidigen, aber nicht mehr jungen Glieder eine beträchtliche Herausforderung. Ich denke an Corsin, wie er mit seinem Rollschuh am Zaun hängengeblieben ist, in der Nacht, da der Fuss verschwand.

Ich bin mir fast sicher, dass er nun drüben, hinter den Büschen auf dem Baugrund liegt. Ob er mich jetzt beobachtet? Genau in diesem Moment? In der Kuhle liegend und hinter den mittlerweile spärlichen Zweigen am Hervorlugen? Ich bezweifle es, das arme Kind scheint mir mit grösseren Problemen beschäftigt.
Leise schnaufend gehe ich vorsichtig zum See. Nur eine der drei Strassenlaternen leuchtet. Der Flamingo fühlt sich nach so langer Zeit ungewohnt an, die Hüfte ächzt hörbar in die Stille.
Wie ich lange genug ausharre und die gewohnte Ruhe langsam in mich zu rieseln beginnt, fühle ich wieder die vertraute Verbundenheit mit Park und See.
Sie sagen mir: „Wir sind da, Gerhard, wir stärken dir den vom fortgeschrittenen Alter und falschergonomischen Möbeln geschwächten Rücken, aber Gerhard, finde heraus, was es mit dem Fuss und den vergifteten Tieren auf sich hat. Finde die Leiche, Gerhard."
Ich lausche und nicke. Mit kommissärisch klarem Blick durchschneide ich die Kühle, da sticht mir ein neues Schild am Eingang des Vereinshauses ins Auge. Von Nahem anvisiert stellt es sich als ein in Plastik eingeschweisster Zeitungsartikel heraus. Ein grosses Bild von Krückenpatrick, wie er mit vorgerecktem Kinn eine Medaille entgegennimmt, und zwar von der Polizei! Und jetzt weiss ich auch, woher ich den Zyklopen mit Mundgeruch kenne! Der, der mich ehrbaren Bürger ins Gefängnis warf! Das ist der Jungpolizist Thommen! Ja, ein und derselbe ist das! Auf dem Bild überreicht er Krückenpatrick eine Medaille und der schaut drein, als hätte er in der Grenadier-Ausbildung gerade die Auszeichnung „akkuratester Millimeterschnitt" erhalten.

Unter der Fotografie steht „Prix Courage der Stadtpolizei für den Präsidenten und Kassier des Vereins Angelfischer Schweiz, Sektion Egelsee, Patrick Mosimann (45)“. Der Artikel entstammt natürlich dem Egelseeblatt, Hausi Hinteregger hat dem bewegenden Ereignis zwei ganze Seiten gewidmet.
Obwohl ich die Tschugger genauso wie den Krückenpatrick zutiefst verachte, macht sich Unwohlsein in mir breit. Und wie ich weiterlese, dass er diesen Preis für Fund und Übergabe des Fusses bekommen hat, wird mir schwummrig und schwindlig. Der See schickt mir aber sofort Ruhe und Kraft und ich weiss, hier bin ich zu Hause und mir kann hier nichts Schlimmes passieren.
So, und nun werde ich endlich mal der Ente einen Besuch abstatten, dem untreuen Gefieder. Ihr angestammter Platz im hinteren Bast wirkt ruhig, was mich erstaunt, denn die Ente ist definitiv mehr Eule denn Lärche.
Der Platz ist verlassen und zeigt Spuren der Zerstörung. Witterungsbedingt? Nein, bei näherer Inspektion deutet alles auf ein fluchtartiges Verlassen mit zusätzlicher, zerstörerischer Kraft von aussen hin! Was ist der Ente bloss passiert!
Ich befühle den Bast und klopfe die Stecken einzeln ab, aber sie bleiben stumm. Ich nehme einige Proben in meine Plastiksäckchen und beschliesse, aus dem Rest eine Panflöte zu bauen. Das Panflötebauen habe ich seit meiner Zeit in Südamerika stark vernachlässigt, was schade ist, denn es ist eine schöne und sehr spirituelle Arbeit. Und wer weiss, vielleicht erzählt mir der Bast in Flötenform etwas über das Verschwinden der Ente.
So versunken muss ich hochschrecken, als ich Schritte höre.

Schritte von mindestens einem Dutzend Leuten! Nachts hier im Park? Schnell mache ich mich hinter den Bast, wo er am dichtesten ist. Und was ich jetzt erblicke, das haben selbst meine vielgereisten Gerhardaugen noch nie gesehen:
Sechs in lange Tücher gewandete Frauen, alle um die fünfzig, schreiten stumm und aufrecht, von neun Hunden umgeben, auf den See zu. Zwei von ihnen tragen ein Holzboot von etwa einem Meter Länge auf ihren Schultern. Beim See angekommen, legen sie es auf den Boden. In dem Boot liegt ein Hund. Er scheint tot zu sein. Nun legen sie das Boot ins Wasser und zünden es an.
Es ist eine Feuerbestattung! Und zwar so, wie ich es Blüehler vorgeschlagen hatte, wie man den armen Grimsel gebührlich hätte verabschieden können!
Nun, da der Verstorbene brennend in meine Richtung, Richtung hinteren Bast, treibt, beginnen sie zuerst leise, dann immer lauter, zu bellen. Die Hunde stimmen in das Gebell mit ein.

*

Wieder in meiner Klause, versuche ich das Gesehene, was doch allerhand ist, bei einem warmen Salbei zu ordnen. Eine eher intensive Art der Feuerbestattung, würde ich meinen. Mir fällt ein, dass Blüehler von einer Gruppe Hündlerinnen erzählt hat, die nachts mit ihren Vierbeinern durch den Park ziehen.
Ach, Rita. Seit ich bei ihr weggerannt bin, habe ich nicht wieder von ihr gehört. Nun gut, ich habe eigentlich von niemandem mehr etwas gehört, einzig dem bösen Brummen des Whiksys hatte ich gelauscht.

Besser wäre gewesen, ich hätte meinen Mann gestanden! Und Blüehler Rita gut zugehört und mit geschickten Fingern Informationen aus ihrem warmen Körper geknetet! Aber diese Chance ist vertan.
Diese Feuerbestatterinnen sollte ich aber auf jeden Fall versuchen ausfindig zu machen. Wer sich regelmässig nachts im Park aufhält, hat sicher die eine oder andere Ungereimtheit festgestellt. Und sich dabei vielleicht nicht viel gedacht, weil das kommissärische Gespür fehlt. Dann sieht oder hört man etwas Verdächtiges und merkt gar nicht, dass das verdächtig ist! Deshalb sind Kommissäre wie meinereiner so wichtig, die eine Fährte als solche erkennen und dieser auch nachgehen.
Zum Beispiel der der verlorenen Ente. Ich habe immer befürchtet, dass ihr Verhalten sie eines Tages in Schwierigkeiten bringen würde. Ihre anfängliche Distanziertheit war doch nur eine Art, um ihre innere Zerrissenheit zu kaschieren!
Das denke ich, als draussen vor der Tür etwas umfällt, wahrscheinlich der Müllsack. Oder ist es etwa einer der üblen Gesellen Nachbarn! Den will ich schnell verjagen! Aber wie ich die Tür öffne, ja, wenn man denn vom Teufel spricht! Ist es die Ente!
Mager ist sie geworden, das fällt mir sofort ins Auge. Ihr Gefieder ist durcheinander, die Augen rötlich gefärbt und auch unterlaufen. Der Blick ist unstet, wirr mutet er an, wie sie an meinen Füssen vorbei in die Klause schleicht.
Wacklig sitzt sie nun da, blickt nervös aus dem Fenster und beginnt, schnell auf und ab zu watscheln. Gehetzt wirkt sie, die arme Ente.
Ich will sie fragen, was los ist, aber die besorgten Worte bleiben mir im Hals stecken. Und sie, anstatt mit mir zu

sprechen, quakt nur undeutliches Zeug. Ja, ich verstehe die Ente gar nicht mehr!
Also setze ich mich im Dreiecksitz neben sie auf den Boden, schliesse die Augen und spitze die Ohren. Und beginne sie wieder etwas besser zu verstehen:
Der AFS habe sie eingesperrt gehabt! Der dumme Kevin habe sie eingefangen, damals am Tag der Pressekonferenz, und dann ganze drei Tage und drei Nächte im Geräteschuppen des Anglerfischerhauses eingesperrt! Und dort habe sie Wahrheiten erfahren, die den AFS derart belasteten, dass sie wahrhaftig und akut um ihr Leben fürchte! Und was sie erzählt, das ist schon beträchtlich: dass Patrick den Fuss nicht wirklich in dem Sinn gefunden habe. Dass er in der Nacht, da die Jugendlichen versuchten, den Fuss zu bergen, wieder ein paar Bier zu viel sich hatte einlaufen lassen und gegen Morgen irgendwann zum See gekrückt sei, um dort hemmungslos hineinzupissen. Und derart das Bier im Schädel, dass er schier in den See gefallen sei. Um sein Übergewicht an Land zu halten, stak er seine Krücke in den Bast und voilà! Die Krücke stach in etwas hinein, und dieses Etwas war der Fuss.
Unsensibel wie er ist, merkte er nicht, dass seine Krücke einen Fuss länger war. Unbeirrt schwenkte er sich zurück in Richtung Vereinshaus und erst als er die Treppenstufen hochächzte, bemerkte er etwas. Aber in seinem Suff schien er gar nicht richtig zu sehen, was er da aufgespiesst hatte, und so streifte er den Fuss am Rand der Treppe einfach ab, als wäre es ein Kaugummi, und der Fuss purzelte in seinem bunten Kleid in das Gebüsch rechts der Treppe.
Wo er auch blieb, bis Kevin ihn am nächsten Tag beim

Zusammensammeln der leeren Bierdosen und Zigarettenstummel fand. Und als der Vereinsjunior dem Krückenpatrick den Fund zeigte, wurde der zuerst reichlich bleich und bellte dann, er habe den Fuss extra dort hingelegt, damit Kevin ihn finde, als weitere Prüfung auf dem Weg zum vollen und richtigen Angelfischer. Ja, einem jeden Anwärter zur Angelfischerschaft werde eine solche oder ähnliche Prüfung gestellt, die jener dann stumm und schweigend bestehen müsse und sein ganzes Leben lang nie jemand anderem davon erzählen, nicht mal anderen Angelfischern. Und um zusätzlich auf grosse Bedeutung zu machen, nahm er sogar seinen Arm von der Krücke weg und legte ihn dem dummseligen Kevin feierlich auf die Schultern, wobei sein Gesicht aber noch immer reichlich bleich gewesen sei.

Wie sie mit ihrer Erzählung fertig ist, schaut mir die Ente geradewegs mit leerem Blick in die Augen und verlangt von mir dreihundert Franken für diese Information.

Und ich hatte gedacht, wir seien Verbündete!

Worauf die Ente meint, das sei einmal gewesen, denn auf mich gehofft hätte sie, aber im Stich hätte ich sie gelassen, wie sie in dem Angelfischerschen Gefängnis festgehalten worden sei! Ihre Augen tränen und funkeln rot unterlaufen und sie sagt, jetzt sei alles zu spät, alles zu spät. Sie müsse sofort los, sie werde verfolgt. Ob ich wenigstens noch ein paar Stutz für die Notschlafstelle hätte. Wie ich das wenige, was ich habe, zusammenklaube, beginnt die Ente wieder auf und ab zu watscheln, verfällt in ihr unverständliches Gequake und verschwindet dann durch den offenen Türspalt.

Wie sie draussen ist, fällt mir auf, dass sie als Ente ja eigentlich nicht auf eine Notschlafstelle angewiesen ist. Ich weiss nicht, ob ich der Ente glauben soll. Hat sie das vielleicht alles bloss erfunden, damit ich ihr Geld gebe? So gedacht, hatte sie eigentlich den Blick einer wahnsinnig gewordenen Ente.
Wie ich aus dem Fenster schaue, sehe ich sie den Weg in Richtung Park hinunterwatscheln. Ein kleines, silbrig glänzendes Ding schwebt über ihr. Die Ente sieht es auch und geht immer schneller. Ich habe schon mehrere solche gesehen. Es ist eine Drohne, die die Ente verfolgt.

*

Wie ich am nächsten Tag dynamischen Schrittes die Stufen zur altehrwürdigen Universitätsbibliothek hochgehe, kommen alte Erinnerungen hoch. Unter meinem Arm klemmt das Mességué Heilkräuter Lexikon von anno dazumal.
Das ist mir gestern ins Augenlicht gestochen, wie ich nach dem Besuch der Ente doch etwas ratlos dagesessen war.
Schon als ich auf dem Baugrund das vermeintliche Buch des Corsin, ausgeliehen aus der Universitätsbibliothek, gesehen hatte, hatte ich einen Besuch dort geplant. Wie ich aber gestern noch den Mességué sah, befand ich, dass nun die Zeit reif ist, um das Geliehene, Überbleibsel meiner lang vergangenen Studienzeit, zu retournieren und dann natürlich zu recherchieren, wie der heutige Stand der Wissenschaft eigentlich ist, was abgetrennte Menschenfüsse in Gewässern betrifft.

Meine Studienzeiten sind lange her, als der Stöckli Gerhard eingeschriebener Kommilitone der Volkskunde war. Das dauerte aber nur kurz, weil die Herren Professoren und Dozenten waren grösstenteils Rassisten, verfügten nur über Halbwissen und keinerlei handwerkliche oder schamanische Fertigkeiten. Damals war mir klar geworden, dass ich mich viel besser selbst auf Reisen mache.
Trotzdem habe ich den Studienausweis aufbewahrt. Zum Beispiel für den Fall, dass ich doch nochmal eine Professur anstrebe. Etwa in Kriminologie, warum auch nicht!
In der alten Schuhschachtel bewahre ich alle amtlichen Dokumente, was aber fehlt, sind die Fichen, die der Schnüffelstaat damals über mich angelegt hat. Dem Staat habe ich schon immer misstraut, aber seit der Sache mit den Fichen habe ich mir sämtliche Ausweise selber gefertigt, damit die nicht bei denen im System sind.
Ich habe also den Studienausweis genommen und beschloss, zur Recherche in die Universitätsbibliothek zu gehen. Dass ich nicht früher auf diese Idee gekommen bin, muss daran liegen, dass meine Studienzeit einerseits schon sehr lange zurückliegt und andererseits mit drei Wochen verhältnismässig kurz war.
Wie ich die Tür zur Empfangshalle aufstosse, sieht es auch wirklich so aus, als wäre seit damals mindestens ein Jahrhundert vergangen. Von der Inneneinrichtung her sind viele Glaselemente dazugekommen, wohl um einen zukunftsgerichteten Eindruck zu vermitteln. Unter einem Schild mit Namen „Information" steht ein futuristischer Tresen. Ich will die Klingel drücken, die im Falle von Abwesenheit geklingelt werden soll, da

sehe ich einen jungen Mann, der dahinter kauert und mit Tesa-Klebestreifen einen Birkenstock zu reparieren versucht.

Ich zeige Buch und Ausweis und informiere ihn, dass ich ein Buch von hier zurückbringe, die Verspätung etwas grösser sei und ich ausserdem alles zum Thema abgetrennte Menschenfüsse in Gewässern ausleihen möchte.

Der junge Mann schlüpft in den kaputten Birkenstock und richtet sich auf: „Hast du eine Legi?"

Ich lege ihm meinen Ausweis auf den Tresen und sage, dass ich mir bewusst bin, dass der Ausweis wohl abgelaufen, mein Anliegen aber dringend und zum Wohle der Allgemeinheit sei.

Der junge Mann schaut den Ausweis an und kratzt sich am Rücken, dann schmunzelt er. „Also, unser Scanner akzeptiert den wahrscheinlich nicht."

Ich sehe mich an den akademischen Toren schon abgewiesen, da klebt er einen Zettel mit „Bin gleich zurück" an den Tresen und sagt, dass ich mitkommen soll. Die Treppe hinunterzusteigen, bereitet ihm allerdings Mühe. Damit ihm der defekte Hausschuh nicht vom Fuss fällt, muss er diesen schieben, anstatt ihn zu heben.

So unterwegs schaut er wieder auf meine Legi und fragt: „Hast du wirklich mal eine gehabt?"

Worauf ich sage, dass dies eine exakte Kopie und somit Ersatz für die wirklichen Legis von vor über fünfundzwanzig Jahren sei. Und dass ich diese aus Sicherheitsgründen selber fertigen musste, wegen der Fichengefahr. Da scheint er beeindruckt, er zieht die Augenbrauen hoch und sagt: „Oh, ok, wow."

Dann fragt er mich zur damaligen Fichenaffäre aus, während wir uns im Tempo des nachziehenden Birkenstocks durch die Gänge der Bibliothek schieben. Obwohl mir sein Interesse schmeichelt, muss ich seine Fragerei richtig fast bremsen, damit ich zu den Informationen komme, deretwegen ich diesen Ort doch aufgesucht habe.

Dem Phänomen abgetrennter Menschenfüsse will ich nachgehen. Menschenfüssen in Gewässern.

Was wir finden, der junge Mann und ich, ist erstaunlich. Also für mich ist es erstaunlich, aber er interessiert sich nur für die Fichengeschichten.

An der Kopiermaschine, die ich nach kurzer Zeit bereits flink und fachmännisch bediene, vervielfältige ich Artikel zu Gewässerfussfunden in Turnschuhen an Kanadas Westküste, den Fidschi-Inseln, in Grossbritannien und in Holland.

Andere Artikel und Meldungen druckt mir der junge Mann direkt aus dem Internet heraus. Tatsächlich werden immer wieder menschliche Füsse in Turnschuhen in Gewässern gefunden. Und zwar immer in Turnschuhen. Keine Holzzockeln, keine Birkenstöcke, keine Cowboystiefel.

Weil wenn eine Menschenleiche mit sportlichem Fusskleid in einem Gewässer liegt, dann geschieht folgendes: Die Leiche zersetzt sich langsam. Und wenn die Leiche an ihren Füssen Turnschuhe trägt, dann ist das so, dass der Turnschuh wegen seinem hochtechnologisierten Gewebe Auftrieb hat. Und die Turnschuhe, wenn die fest geschnürt sind, ruckeln und reissen ständig an den Knöcheln der Leiche. Irgendwann ist das dortige Fleisch und der Knochen und alles so weit

zersetzt, dass es vom Turnschuh nur noch ganz wenig Kraft braucht und der Fuss ist vom Restkörper abgetrennt. Und dann schwimmt er sofort nach oben und treibt herum, bis er sich eben in einem Schilfbast oder ähnlich verfängt.
Als ich alles gefunden habe, bietet mir der junge Mann noch an, am Seiteneingang der Universitätsbibliothek eine Jazz-Zigarette mit ihm zu rauchen. Ich lehne dankend ab und mit einem coolen Antippen meiner akademischen Geheimratsecke mache ich mich vom Feld.
Zu Hause liegt das Doofblatt von Egelseezeitung schon wieder in meinem Briefkasten. Und siehe da: Der Fuss ist verschwunden! Es ist unglaublich.
„Weil das Police-Betriebssystem abgestürzt war, ist es der Stadtpolizei seit zwei Wochen leider nicht möglich, ihre Arbeit im gewohnten Umfang zu erledigen.
Deshalb hatten sie Herrn P. Mosimann (45) darum gebeten, den Fuss bei sich aufzubewahren. Bis das Police-System wieder funktioniert und sie den Fuss somit fachgerecht ins System aufnehmen können. Es hat sich herausgestellt, dass Herr P. Mosimann den Fuss zwar fachgerecht bei einer Temperatur unter zwei Grad Celsius, namentlich im Tiefkühlgerät des Vereinshauses des Vereines Angelfischer Schweiz, aufbewahrt hat. Leider war es ihm aber nicht möglich gewesen, das betreffende Gerät abzuschliessen, weshalb er den Fund in einem Sack M-Budget Tiefkühl-Pouletflügel à 10 Franken 50 aufbewahrt habe.
Die dazugehörigen Pouletflügel hatte er vorderhändig aus der Packung entfernt. Es gilt schweizweit der Aufruf, einen Sack M-Budget Tiefkühl-Pouletflügel à 10 Franken 50 zur nächsten Polizeistelle zu bringen, insofern sich in

dessen Inneren ein menschlicher Fuss in einem Turnschuh anstelle der erwarteten Pouletflügeli befindet."
Solcher Dilettantismus macht mich nur den Kopf schütteln.

*

Weil es von Vorteil ist, inkognito zu sein, wenn ich mich den Bänken vor dem Einkaufszentrum nähere, habe ich zu meinem Schutz einen extra dicken Schal mitgenommen. Den nehme ich jetzt aus meinem Korb und schlinge ihn mir um den Kopf.
Es ist nur Rudis Einkaufswagen zu sehen. Ich bin froh, ist Tina nicht da. Ich hätte es nicht geschafft, einfach so an ihr vorbeizugehen. Natürlich tut es mir auch den anderen gegenüber leid, wenn ich sie ignoriere. Aber was soll ich tun? Dies ist ein Opfer, welches ich bringen muss. Als Karate Hurni auftaucht und Rudis Einkaufswagen umkickt, husche ich schnell an den beiden vorbei und ins Einkaufszentrum hinein.
Es gilt, sich hier mit Taucherutensilien auszustatten. Ausnahmsweise muss ich auf fremde Fabrikation zurückgreifen, denn es darf keine Zeit verloren gehen. Nicht nur wegen der Menschenleiche, vor allem auch wegen der anderen Opfer, die diese dunklen Mächte, die im Park walten, bereits gefordert haben. Grimsel, die Graugans ...
Ob an der Geschichte der Ente etwas dran ist? Eigentlich bin ich ja eher der akademische Typ, der Fakten, und nicht mental angeschlagenen Enten vertraut.
Wie ich so nachdenke, fällt mir auf, dass ich in einem Massagesessel auf der Galerie des Einkaufszentrums in

Rodins Denkerpose sitze. Ich erhebe mich und schlendere dann légèr durch die Lebensmittel, wo ich reichlich Kopfsalat, Krautstiele und Lauch in mein selbstgekorbtes Einkaufsbehältnis lege. In der Mercerie entscheide ich mich für einen blickdichten, dunkelblauen Vorhang, der meine indischen Tücher zu Hause ersetzen wird. Sachte lasse ich den Stoff zwischen das Volumengemüse gleiten, wo er locker liegen bleibt.
Dann gehe ich gelassen und sehr an den Auslagen interessiert Richtung Sportabteilung. Ganz den konsumfreudigen Gerhard gebe ich. Schlurfe zu der Taucherausrüstung, die ich ausgesprochen desinteressiert betrachte. Lustlos nehme ich einen dieser Filzgummianzüge, der sehr zufällig in meiner Grösse ist, von der Stange und drehe ihn hin und her. Dann hänge ich den leeren Bügel unauffällig zurück. Der Anzug liegt nun in meinem Korb und ich ziehe geschickt und beiläufig den Vorhang darüber.
Den Schnorchel platziere ich demonstrativ obendrauf. Kurz vor der Kasse mache ich noch bei einem Wettbewerb zum Thema wiederentdeckte Kartoffelsorten mit. Dabei wird mir warm, dass ich meinen dicken Schal ausziehe und ebenfalls in den Korb lege.
Der erste Preis des Wettbewerbs ist eine Rheinkreuzfahrt von Basel nach Rotterdam. Ich kreuze eine falsche Antwort an und schreibe Krückenpatricks Adresse auf die Karte.
Ach, gutes Holland! Schöne Zeiten habe ich in deinen Grachten verbracht. Beschwingt lege ich an der Kasse Schnorchel, Salat und Gemüse auf das Band. Erst kurz vor dem Bezahlen, als ich alles schon wieder eingepackt habe, erinnere ich mich plötzlich an den Vorhang und gebe auch den noch zum Bezahlen dem netten jungen

Herrn Kassierer hin. Den Betrag von CHF 63.75 SFr bezahle ich frohgemut und schlendere dann in Richtung Ausgang.
Ob ich soeben gestohlen habe?
Nein!
Diese Taucheranzüge sind erstens total überteuert und deshalb aus konsumentenschützerischer Sicht gratis entwendbar. Hoch lebe der Internationale Konsumentenschutz! Ich erhebe kurz meine Faust.
Zweitens muss dieser Fall unverzüglich aufgeklärt werden und das geht nunmal nur mit Ausrüstung.
Ausserdem werde ich den Anzug sofort bezahlen, sobald ich den Lohn für meinen kommissärischen Erfolg bekommen habe.
Es geht hier um höhere Gesetze. Es ist quasi so, wie wenn man eine verschlossene Tür eintritt, um ein dahinter liegendes Feuer zu löschen.
Mich von daher rechtlich gut in Sicherheit wissend, schlinge ich den Schal wieder breit um den Kopf und trete aus dem Einkaufszentrum heraus.
Aus Angst, dass ich bei den Bänken Tina sehen könnte, werfe ich dieses Mal keinen Blick in diese Richtung, sondern gehe schnurstracks weiter an der Rückseite des Bahnhofs entlang. Wie ich mir meine Schalvermummung gerade wieder vom Haupt nehmen will, entdecke ich auf der anderen Strassenseite Blüehler. In ihrer speckigen Uniform sitzt sie im Schatten einer Tanne auf einer Bank. Das Haus hinter ihr ist niedrig und grau, wie all diese Sechziger-Jahre-Bauten auf dieser Seite vom Bahnhof. Am Eingang hängt ein Schild, auf dem „Hundeschule“ steht. In der Hand hält sie eine offene Flasche Rosé.

Ich kann nicht sagen, was mich packt, aber ich wickle den Schal noch fester um meinen Kopf und gehe im schnellen Schritt zu ihr, packe die überraschte und verdatterte Blüehler am Oberarm, dass sie aufstehen soll. Die wehrt sich, hat aber schon ein rechtes Karussell auf dem Kopf, dass sie recht willenlos mit mir dreinstolpert. Ich schaue sie zwischen meinen geschlungenen Schalschichten hervor ernst an. Sie lallt ein bisschen: „Weiss denks, dass du das bist."
Ich sage nichts. Nehme mir den Schal vom Kopf und fixiere sie mit Laserblick. Dann nehme ich ihr langsam die Flasche aus der Hand und werfe sie in den Abfallkübel.
Dann sage ich: „Rita, ich will dich so nicht mehr sehen. Hast du mich verstanden?"
Sie will etwas entgegnen, aber ich drehe mich um und gehe.

*

Nach dem Öffnen der Tür begrüsse ich zuerst Schwester Sonne, sauge ein paar Strahlen und produziere so kostbares Vitamin D. So gestärkt, steige ich unter das Dach, dort habe ich nämlich in einem der Estrichabteile Schwimmflossen gesichtet.
Hier oben gefällt es mir. Der gute Geruch von Holz, dazu der alte Staub, der im schmal einfallenden Sonnenlicht tanzt, das erzeugt eine angenehm meditative Stimmung. Behende entwende ich die gelben Gummifüsse und probiere sie an. Sie passen.
Die Schuhgrösse sagt wahrlich nichts über den Charakter eines Menschen aus, das wusste ich schon immer. Die Länge des Fusses ist keine Gemeinsamkeit.

Ich habe nämlich keine Gemeinsamkeiten mit meinen Nachbarn der Schlägergruppierung.
Ich verstecke die Flossen in meiner Klause, dann nehme ich die Machete und beginne zu schleifen. Beim Machete-Schleifen kann ich gut nachdenken und mich auf meinen nächsten Coup vorbereiten.
Mit der geschliffenen Machete gehe ich vors Haus, um dem Dschungel an der Eingangstreppe nun endlich den Garaus zu machen. Die von der Schlägergruppierung schlafen, das Haus steht ruhig und heimelig da.
Wie ich in die Lianen haue, wird mir warm, dass ich meine Kutte ausziehe und mit nacktem Oberkörper weiterhacke. Als ich bei den Briefkästen Schritte im Kies höre, strecke ich den Kopf um die Ecke, aber da steht nicht der Pöstler, da steht Blüehler.
Es ist das erste Mal, dass ich sie nicht in Uniform sehe. Sie trägt einen eleganten Pulli in Rosa, der ihr vorzüglich über die Büste schmeichelt.
Wie ich mit geschulterter Machete zu ihr hin gehe, schaut sie schüchtern aus und ihre Backen röten sich, dass das hübsch aussieht mit der Farbe des Pullis. Sie scheint etwas durcheinander, aber frisch, jedenfalls eine ganz andere Pflanze als die, die ich noch vor Kurzem auf der Bank vor der Hundeschule gesehen habe. Etwas steif streckt sie ihren Arm in meine Richtung. In der dazugehörigen Hand ist meine Pizzastempelkarte.
„Die hab ich beim Staubsaugen gefunden."
Ich bedanke mich förmlich, fasse Mut und lade sie zu einem Salbeitee ein. Sie akzeptiert meine Offerte mit noch röteren Backen. Vielleicht eine Hautkrankheit. Ich könnte ihr die eine oder andere Salbe mischen, sage aber erstmal nichts dergleichen.

In meiner Klause sieht sie sofort meinen neuen blickdichten Vorhang, der verpackt auf dem Küchentisch liegt. Blüehler scheint sich sehr mit Vorhängen auszukennen. Wie sie meine indischen Tücher an den Fenstern sieht, erzählt sie, dass es für Vorhänge eine Schiene gebe, auf der man die hin- und herschieben könne. Ich meine, so was gebe es bei mir nicht, aber sie geht zum Fenster und zeigt mir den kleinen silbernen Kanal, den ich in den ganzen zwanzig Jahren, da ich nun schon in meiner Klause hier hause, tatsächlich immer übersehen hatte. Ich habe all die Jahre die Tücher einfach behelfsmässig mit Nägeln in den Rahmen geschlagen.
Blüehler beginnt sofort, die kleinen weissen Plastikdinger an den Vorhang zu klemmen, die ich eigentlich weggeworfen hätte, ich wusste nie, wozu die eigentlich sind. Ich muss sagen, ich bin erstaunt, was diese Rita Blüehler alles kann.
Wie wir das Thema Vorhänge diskutieren, fragt sie mich, wie es mit meinen Ermittlungen stehe. Es gebe da etwas, das sie mir zeigen wolle.
Sie gibt mir ein Flugblatt in Pinkrosafarbe und mit der Photographie eines Labradors. Darauf steht:
„Liebe Hündelerinnen! Gefährtinnen gesucht für Mitternachtsspaziergang durch Egelseepark. Treffpunkt: 0:00 (Eingang Muristrasse) Trix: 079 809 31 32"
Das seien die Hündelerinnen. Auch sie hätten in letzter Zeit tote, eventuell vergiftete Hunde zu beklagen gehabt. Sie selber getraue sich nicht, sie anzurufen. Worauf sie mich auf eine bittende Art anschaut, dass mir mulmig wird. Wie sie weiter die kleinen Plastikdinger an meinen Vorhang heftet, erzählt sie mir ausserdem – Endlich! Und

ganz von sich aus! –, was sie in der Nacht, da die Jugendlichen versuchten, den Fuss zu bergen, noch Weiteres im Park gesehen hat.
Blüehler fand auf ihrem Rundgang damals die Jugendlichen und das Mädchen, das die Egel am Körper hatte und vom Schock ganz gelähmt war. Sie befahl den anderen, die, wie sie den Eindruck hatte, sehr bekifft waren, also überhaupt nicht zurechnungsfähig, dass sie das Mädchen bis zum Ausgang tragen sollen. Dort legten sie sie auf eine Bank.
Mit dem Taxi brachte Blüehler das Mädchen, das übrigens Julia heisst, ins Krankenhaus, wo ihr die Egel entfernt wurden und sie Antibiotika bekam und sich langsam von ihrem Schock zu erholen schien. Dann kamen ihre Eltern und holten sie ab. Also gingen Blüehler und Grimsel wieder zurück, denn sie hatte ja noch ihre Runde und den Park abzuschliessen.
Und wie sie zum Vereinshaus kamen, sahen sie, wie dort Krückenpatrick auf der Treppe sass und weinte.
Jedenfalls sei diese nächtliche Situation für beide sehr unangenehm gewesen und Blüehler hätte nie gedacht, dass Krückenpatrick jemand sei, der weinen könne. Ihm sei es sehr peinlich gewesen, obwohl er offensichtlich auch betrunken gewesen sei.
So sei sie dort im Schein der Parklaterne gestanden und wusste nicht, was sie tun sollte. Grimsel war auch ganz still. Und Krückenpatrick schaute sie weinend und betrunken an und sie merkte, dass sie besser gehen sollte. Also drehte sie sich um und schloss zum ersten Mal in ihrem Leben den Park ab, ohne vorher ihre Runde gewissenhaft beendet zu haben. Die Verzweiflung, die sie in dieser Nacht in Krückenpatrick gesehen hatte, beschäftigte sie noch länger.

Wie sie das erzählt, sind die Plastikdinger längst am Vorhang dran. Sie steht auf und fädelt den Vorhang in die Schiene, dass der nun elegant von links nach rechts und von da wieder zurückgleitet. Ohne Geräusch geht das. Das macht natürlich schon eine Gattung. Dann steht sie vor dem Vorhang und sie und auch ich wissen nicht so recht, was wir sagen sollen. Also gibt sie mir die Hand zum Abschied und ich sage: „Merci". Und sie sagt: „Nein, ich muss merci sagen."
Und sie schaut mich ganz ernst an und ich weiss, sie meint unser Aufeinandertreffen vor der Hundeschule.

*

Des Nachmittags zieht der Wind der Waage durch die Herbstblätter. Die Waage ist ein Luftzeichen, so wie auch der Zwilling. Ich bin Zwilling und Blüehler ist Waage, deshalb verstehen wir uns so gut. Es ist gewissermassen ihr Wind, der da durch die Herbstblätter streift und sie lustig tanzen macht. Es ist gewissermassen Blüehlers süsser Atem. Ich tänzle mit dem Laub ein paar Pirouetten mit. Anfang Oktober hat sie Geburtstag, bis dann will ich den Fall gelöst haben. Zum Glück hat die Zeit der Waage gerade erst begonnen.
Ritas süsser Atem trägt mich behaglich durch die Strassen des benachbarten Stadtteils. Ein schöner Fleck, mit Alleen von alten, gütigen Bäumen. Das Haus, an dessen Tür ich klingle, ist auch alt, aber gut in Schuss und mit eleganten gusseisernen Balkonen.
Es ist die Anführerin der Hündelerinnen, der ich einen Besuch abstatte.

Ganz oben wohnt sie und wie ich um die letzte Ecke des Treppenhauses keuche, bleibt mir grad der Atem stehen, als ich sie sehe. Es ist die Gemeinderätin, die damals die neuen Wege im Park eingeweiht hat!
Das ist doch ausserordentlich. Aber es ist auch normal für einen guten Kommissär, ausserordentliche Sachen herauszufinden.
Bevor ich die blitzsaubere Wohnung mit den teuren Möbeln, solche, die mit Stahlrohren und Glas oder Leder verkleidet sind, betrete, stampfe ich die Mokassins auf dem Schuhabtreterteppich ab. Das Paul-Klee-Zentrum ist darauf gedruckt. Die Gemeinderätin scheint Paul Klee stark zu favorisieren.
Sie bittet mich auf ein violettes Ledersofa. In meiner Klause sitze ich auf dem Boden, so wie es auch die Shinto-Priester Japans tun.
Die Wohnung wirkt steril, gar nicht so gemütlich-wohnlich wie zum Beispiel Blüehlers schönes Rattanwohnzimmer! Die Frau Gemeinderätin bringt den Tee in einem eleganten Keramikgefäss. Mich beeindruckt so was nicht. Ich will keine Zeit verlieren und informiere sie deshalb unverzugs: „Frau Gemeinderätin, ich bin zu der festen Überzeugung gelangt, dass eine kriminelle Person im Park die Tiere vergiftet. Das ist eine Untat und ich will dieser Person das Handwerk legen."
Die Frau Gemeinderätin nickt. „Mittlerweile glaube ich auch, dass im Park ein Hundehasser, eine Hundehasserin, sein, ihr Unwesen treibt."
Die Frau Gemeinderätin gebraucht die männliche und die weibliche Form sehr gleichberechtigt. Sie ist eine emanzipierte Frau. Ich habe nichts gegen emanzipierte Frauen. Dumme Männer wie der Krückenpatrick

haben etwas gegen emanzipierte Frauen. Ich bin nicht dumm. Ausserdem sieht die Frau Gemeinderätin viel zu gut aus, um etwas gegen sie zu haben.
Sie erzählt ausserdem, dass mittlerweile bereits drei Hunde ihrer Hündelerinnengruppe gestorben seien! Unter anderem der ihrige, ihre geliebte Luna! Sie sagt, sie hätten die beiden letzten Hunde obduzieren lassen und in beiden sei Rattengift gefunden worden! Ein schwieriger Fall!
Die Frau Gemeinderätin ist mittlerweile ganz aufgelöst und verspricht, mir zu helfen, wenn ich bei der Lösung des Falles irgendwelche weiteren Informationen bräuchte. Ich blicke sie mit meinem Laserblick an und sage, sie solle sich erstmal erholen und wenn es denn vonnöten sei, würde ich mich gerne wieder bei ihr melden. Sie bringt mich noch zur Tür und weist mich darauf hin, dass so engagierte Tierschützer wie ich das Grüne Bündnis wählen sollten, so würden meine Interessen in der Politik am besten vertreten. Ich sage cool, dass ich schon immer ein alter linker Hase bin. Dann mache ich mich lässig von dannen.

*

Die Nacht grüsst mich höflich und ehrerbietig, wie ich aus meiner Klause in sie hineinsteige. Ja, sie wurde mir eine gute Freundin, denn in ihrem Schutz kann ich ungestört meiner kommissärischen Tätigkeit walten.
Die Ausrüstung liegt schwer und professionell im Hanfjutesack an meinem Rücken. Den Hanfjutesack habe ich selbst gemacht. Die Taucherausrüstung nicht, aber das macht nichts. Es ist ein Uhr morgens. Die Kälte übt schon fleissig für den Winter. Zwei laut streitende Junkies stören ein kleines bisschen die Besinnlichkeit.

Am Eingang des Parks verlangsame ich meine Schritte und lausche. Die Hündelerinnen sind noch unterwegs. Still umrunden sie den See, ab und zu ruft eine von ihnen mit gedämpfter Stimme nach ihrem Hundegefährten. Auf die schöne Tüchertracht haben sie dieses Mal verzichtet, die war wohl extra zu Trauerzwecken gewesen.
Ich gebe mich bedeckt und verbleibe am Eingang. Setze mich auf eine Bank und warte. Als die Gruppe den Steg passiert, mache ich unter ihnen die Gemeinderätin aus. Auch sie sieht mich, deutet zum Vereinshaus, macht den Daumen nach oben und nickt mir stumm zu. Dann leitet sie die Gruppe zum anderen Ausgang und die Hündelerinnen verschwinden leise. Als sie weg sind, mache ich den Daumen auch nach oben. Es sieht etwas komisch aus. Aber wie ich meine Hand im Halbdunkel so betrachte, fällt mir auf, dass ich eigentlich einen ausserordentlich muskulösen Daumen habe.
Dann gehe ich zur lichtstärksten Laterne und bereite meinen Plan, soll heissen, meine Berechnungen aus. Es ist der 2. Oktober, 1:20 Uhr und die Temperatur des Sees schätze ich auf 10 Grad Celsius. Der See hat eine Fläche von 2 Hektaren, wobei ein grosser Teil davon im Bast liegt. Der Fuss kann nicht allzu weit geschwommen sein. Wenn es eine Leiche im See gibt, dann muss sich diese ziemlich genau unter der Stelle befinden, da der Fuss zuerst aufgetaucht ist.
Hier werde ich suchen.

Wie der See nun vor mir liegt, gibt er sich nicht sehr einladend. Nichtsdestotrotz schlottere ich mich aus meinen Kleidern und ins hochtechnologisierte Gewebe hinein.

Noch Flossen und Schnorchel angebracht und ich bin ein richtiger Jacques Cousteau, Gérard bin ich, der in die Tiefen des Sees vordringen und ungelüftete Geheimnisse an die Oberfläche holen wird. Jetzt noch ein Blatt Salbei in den Mund und los!
Nur Himmel, ist das kalt! Die Ausrüstung schützt nicht im Geringsten! Hätte ich doch selber einen Anzug entwickelt! Aber die Zeit drängt.
Ich wate in den kalten See, der wirklich überhaupt nicht tief ist. Meinen Taucheranzug könnte man eigentlich fast als überflüssig bezeichnen. Mir fällt ein, dass die Angelfischer jeweils ja auch einfach im See herumstehen und nur ihre doofen Anglerhosen tragen. Nun ja, das soll mich nun nicht weiter aufhalten.
Ich wate und wate, taste und taste und muss sagen, das Wasser ist nicht nur sehr kalt, sondern auch sehr dreckig. Kein Wunder, da wird ja auch nie gesäubert. Ich wate und taste, aber da ist nichts.
Wieder am Ufer, nehme ich viele Schlucke heissen Tee und studiere nochmals meine Pläne.
Dann wieder ins Kalt. Diesmal wate ich länger, stosse aber wieder auf nichts.
Hieve mich aus dem See heraus, trinke mehr Tee und gehe tief in mich. Und dann, als hätte mich der See gehört, gibt er mir ein Zeichen. Ein leises Ploppen im vorderen Bast. Ich stehe auf und leuchte die Wasseroberfläche sorgfältig mit der Lampe ab. Und da ist er: der zweite Fuss.
Natürlich hatte ich damit gerechnet, etwas zu finden, aber jetzt, da ich ganz alleine hier bin und weiss, höchstwahrscheinlich liegt im See wirklich eine Leiche, eine Leiche mittlerweile gänzlich ohne Füsse, weil der zweite

Fuss treibt hier ganz offensichtlich auf der Wasseroberfläche, da wird mir schwindlig, mein Herz rast und mir wird schlecht.
Aber ich weiss, ich bin der Einzige, der diese Sache zu Ende bringen kann. Ich habe schon lange keine Angst mehr. Und wenn ich die Leiche erst einmal geborgen habe, wird man mir endlich glauben. Mein Sieg ist so nah. Ich mache mich also erneut ins Wasser und wate dorthin, wo der zweite Fuss aufgestiegen ist. Dieses Mal spüre ich Kälte und Dreck fast nicht. Taste mich langsam vorwärts und als ich etwas spüre, das sich wie ein Bein anfühlt, da gefriert mir das Blut in den Adern. Da liegt ein Mensch. Ein toter Mensch.

*

Sie wird bald hier sein. Der Salbei beruhigt, das Fussbad auch, aber ich zittere noch immer. Was tut ein Gerhard, wenn eine schwere Leiche auf dem Grund des Sees liegt. Alleinig bergen konnte ich sie nicht. Wirklich nicht, natürlich hätte ich das getan. Aber sie wog so schwer, mehrere Mann braucht das, und auch technisches Gerät.
Ausserdem war meine Stärke schon immer mehr die mentale. Viel eher bin ich der kniffige Denker als der stumpfe Krampfer.
Ich tröpfle etwas Eukalyptus in das heisse Wasser.
Was hätte ich tun sollen.
Ich sass in dem überflüssigen Anzug am Ufer auf dem kalten Boden, neben mir die Flossen, die gelb im Mondlicht schimmerten. Schlotterte und konnte nicht aufhören damit.
Was hätte ich tun sollen.

Bin ich also zurück in meine Klause, habe mir ein Fussbad eingelassen, einen Tee bereitet, einen Turban um den Kopf gewickelt und habe Blüehler angerufen.
Meine Zähne klapperten so sehr, dass es schwierig war zu sprechen. Die Gute war mir nicht böse, überhaupt nicht. Sie sei sowieso noch wach gewesen. Und dann sagte sie, man müsse die Polizei informieren. Da war sie wieder ganz die Securitas-Angestellte.
Ich habe ihr erklärt, dass ich niemals die Schmier um Hilfe fragen werde, und sie meinte, es gehe nicht anders. Und Rita sagte, ich solle mich beruhigen.
Und ich klapperte mit dem Gebiss und krächzte nur: „okay“.

*

Lovely Rita ist ein wunderbares Lied, komponiert von den Mozarten des 20. Jahrhunderts, wie ich die zu nennen pflege. Ich summe es vor mich hin und benetze mir vor dem Spiegel das Haar, damit es elegant an die Schädelform liegt.
Letzte Nacht war mir Rita eine unersetzliche Hilfe. Eine Frau mit riesengrossem Herzen, klarem Verstand und wohligem Umfang.
Ich höre Schritte auf der Treppe. Das wird sie sein.
Rita hat letzte Nacht doch noch die Schmier informiert, aber weil ich sagte, ich, Gerhard Stöckli, will nie wieder etwas mit der üblen Schmier zu tun haben, hat sie dem Polizisten am Telefon gesagt, sie selbst hätte die Leiche im See gesichtet.
Sie meinte, man müsse das der Schmier schon sagen, weil die die Leiche mit ihrem Gerät fachmännisch

würden bergen können und ausserdem würden sie mich am Ende noch ins Gefängnis sperren, weil wenn ich selbst an der Leiche herumobduzieren würde, dann würde man noch denken, ich sei der Mörder und illegal sei das auch.
Und ins Gefängnis gehe ich sicher nicht noch mal. Rita habe ich nichts von meiner Nacht im Bullenkäfig erzählt, das entspricht nicht dem souveränen Bild, das ich ihr sonst von mir vermittle.
Wie ich die Tür öffne, bevor sie klopfen kann, erschrickt sie ein bisschen und beginnt zu lachen. Sie trägt wieder denselben schmeichelnden Pulli, dieses Mal aber in hellem Blau. So als hätte sie der Himmel geschickt. Sie holt mich ab, um mit mir in den Park zu gehen. Wir wollen schauen, wie die Tschugger die Leiche bergen.
Auf dem Weg dahin weht wieder der Herbstwind, der Wind der Waage. Am liebsten würde ich ihr von meiner Theorie erzählen, aber ich tue es nicht. Die Blätter liegen schön und gelb auf dem Trottoir und obwohl mir die dumme Schmier nun sozusagen das Sahnehäubchen meiner Ermittlungen wegstiehlt, bin ich erstaunlich ruhig. Die Ruhe wird von Edith Piaf gestört. Das ist Blüehlers Handy. Es ist die Schmier.
Die Tschugger erzählen, dass sie die Leiche aus dem See geholt hätten. Leider würden sie aber momentan weitergehend nicht viel machen können, da ihr Betriebssystem mit Namen Police abgestürzt sei. Deshalb könnten sie sie, Rita Blüehler, auch nicht weiter befragen im Moment, weil sie die Antworten ja nicht ins System eintragen könnten, und dort seien ja auch die Fragen abgespeichert. Bis das Police wieder laufe, sei die Leiche in der Kühltruhe der Polizeikantine sicher aufbewahrt.

Ihre Kapazitäten seien derzeit sehr eingeschränkt und deshalb müssten sie den Fall vorerst auf Eis legen, eben bis das IT-Problem gelöst sei. Sie bedankten sich aber sehr bei ihr, sie seien immer dankbar für Hinweise und Verdächtigungen, die ihnen aus der Bevölkerung zugetragen würden.
Die arme Rita ist fassungslos. Mich überrascht das nicht.

*

Die Art, wie mich Rita vorgestern beim Verabschieden angeschaut hat, war nicht gut. Ihr Blick bedeutete Enttäuschung, und davon hat sie in der letzten Zeit bereits genug gehabt.
Aber wenn ein Langstreckenläufer wie ich in etwas unbestritten gut ist, dann darin, weiterzulaufen. Ich entsann mich meines wertvollen Kontakts zur städtischen Hochpolitik und beschloss zum ersten Mal in meinem Leben, von guten Beziehungen zu profitieren.
Als ich meinen Namen nenne, drückt die Frau Gemeinderätin sofort auf den Summer. Sie erwartet mich in Blazer und Hosenanzug und meint, sie müsse eigentlich an eine Sitzung. Ich nicke verständnisvoll, so, als müsse ich auch öfters an Sitzungen. Was im übertragenen Sinn auch stimmt, dank dem Salbei kann ich mich nämlich mehrmals pro Tag reinigend entleeren.
Als ich ihr eröffne, was ich im See gefunden habe, ist ihre Sitzung nicht mehr ganz so dringend und sie setzt sich auf ihr violettes Ledersofa.
„Wir von der Mitternachtsspaziergangsgruppe sind der Sache auch nachgegangen“, sagt sie und zeigt mit ihrer

Hand auf einen zum Sofa passenden Sessel. Ich setze mich und schlage elegant das eine Bein über das andere. Dann hebe ich eine Augenbraue. Das scheint zu wirken und die Gemeinderätin erzählt weiter.
Sie erzählt, dass sie bei der Stadt einen Antrag auf Videoüberwachung des Parks gestellt habe, was sie sehr viel Überwindung gekostet habe. Ja, als linke Gemeinderätin habe sie sich so dem Spott von Rechts ausgeliefert!
Ich nicke betrübt und sage, ich wisse genau, was sie meine. Die Frau Gemeinderätin schaut kurz irritiert und berichtet dann weiter. Die Kameras seien vor zwei Tagen installiert worden.
Was die Aktion aber sehr erschwert habe, sei das Verhalten des Präsidenten des AFS, Patrick Mosimann, gewesen: „Er erwartete uns mit Plakaten, auf denen er uns und insbesondere mich der Umweltzerstörung bezichtigte, schimpfte uns Kommunistinnen, Kommunisten und forderte seine Kameraden auf, sich an jene Bäume zu ketten, an denen wir die Kameras anbringen wollten. Dann erschien auch noch ein Journalist, der uns damit drohte, alles zu filmen und ins Internet zu stellen.“
„Hausi Hinteregger“, murmle ich.
„Wie bitte?“
„Ich glaube, ich weiss wer der ‚Journalist‘ war. Aber erzählen Sie nur weiter.“
Beim Wort „Journalist“ habe ich meine Stimme höher gestellt, um der Frau Gemeinderätin so meine Geringschätzung gegenüber den Reporterfähigkeiten des Hausi Hinteregger zu symbolisieren. Sie scheint das verstanden zu haben und fährt fort: „Nach kurzer Zeit

begannen allerdings mehrere der angeketteten Personen zu klagen, dass sie durstig seien, dringend die Toiletten benutzen möchten, oder beides."
„Tsss ...", macht sie und schüttelt den Kopf. Ich tue es ihr gleich.
„Als ich und mein Team also im Geräteschuppen des AFS nach Schneidegerät suchten, um Herrn Mosimann und seine Kollegen wieder zu befreien, fiel uns ein Karton mit Rattengift auf. Wir haben die Polizei angerufen und die meinten, sie müssten heute sowieso zum Park, um ein Absperrband um den See zu spannen. Gestern hätten sie eine Leiche gefunden und leider das Band vergessen. Momentan werden die Proben mit jenen verglichen, die in den obduzierten Hunden gefunden wurden. Ich weiss nicht genau warum, aber ich bin überzeugt, dass jemand vom AFS unsere Hunde vergiftet hat. Jedenfalls befinden sich Patrick Mosimann und seine Kollegen momentan in Untersuchungshaft."
Das ist der glücklichste Tag meines Lebens.

*

Die Sonne drückt langsam ihre Strahlen durch die Wolken, wie wir in Richtung Steg gehen. Der Park ist ganz in Gelb und Rot gekleidet, das steht ihm gut.
Das Vereinshaus des AFS ist verlassen. Die Tschugger haben die Türen mit Bändern versperrt.
Wie wir auf dem Steg stehen und die Ruhe im Park geniessen, denke ich an Corsin, der ja vielleicht noch immer auf dem Baugrund lebt. Ich erzähle Rita davon und sie schlägt vor, den Jungen zu suchen.
Beim Betreten des Baugrunds sehen wir das leuchtende

Grün des Mädchens mit Kaugummihaar, Julia. Sie sitzt neben einem Schlafsack, in dem offensichtlich Corsin liegt. Julia spricht leise auf ihn ein. Wie wir näherkommen und sie uns entdeckt, winkt sie uns zu.
Corsin liegt lang und steif in seinem Schlafsack und trägt altmodische Kopfhörer, aus denen laut Diskomusik scheppert. Sein Blick ist starr nach oben gerichtet. Julia sieht besorgt aus. Sie erzählt uns, dass Corsin wahrscheinlich harte Drogen nehme. Ich bestätige dies. Und sie sagt, als sei das nicht schlimm genug, behaupte er nun, dass er womöglich mit einem Mord in Verbindung gebracht werde! Da horche ich natürlich gehörig auf!
Und auch der arme Junge scheint aus seiner Erstarrung zu erwachen und beginnt zu jammern: „Niemand wird mir glauben! Niemand!"
Er ist ganz ausser sich und windet sich in seinem Schlafsack verzweifelt hin und her. Julia streicht ihm über das verfilzte Haar und sieht traurig aus.
Und dann sagt Rita mit ihrer ruhigen, wohlklingenden Stimme zu Corsin: „Doch, ich glaube dir."
Da ist sie einfach wieder topprofessionell. Ich kann nicht anders, ich muss ihr einen bewundernden Blick zuwerfen.
Mit einem Ächzen kniet sie sich neben die beiden auf den Boden, die sportlichste ist sie halt nicht, aber das macht gar nichts! Und Corsin beginnt tatsächlich, wenn auch bruchstückhaft, zu erzählen:
Er fürchte sich vor Krückenpatrick.
„Weil, also", schweift er ab, seine Eltern würden in ihm eine Art Alien sehen, die verstünden ihn wirklich gar nicht!

Und dann sage ich, plötzlich ganz professionell: „Corsin", sage ich, und ich merke, wie mich Rita von der Seite anschaut, „Corsin, das mit deinen Eltern ist das eine, aber was ist mit Krückenpatrick?"
Und der Bub erzählt, dass er manchmal hungrig sei. Und halt wisse, dass die Angelfischer eine gut gefüllte Kühltruhe hätten.
Und vom Hunger getrieben, sei er also eines Nachts losgezogen. Über den Zaun, am hinteren Teil des Sees mit dem dichten Bast vorbei, dann vorne beim Vereinshaus und den Strassenlaternen schnell rechts ins schützende Gebüsch und weiter Richtung Geräteschuppen. Aber bis in den Schuppen hinein hat er es nicht geschafft, weil plötzlich ging darin das Licht an und Corsin versteckte sich schnell im Gebüsch. Geistesgegenwärtig wie er war, schaltete er seinen Walkman aus, um keine auditive Aufmerksamkeit auf sich zu richten. Nach einer Weile öffnete sich die Tür und Krückenpatrick erschien, in der einen Hand eine seltsam ausgebuchtete Packung M-Budget Pouletflügeli! Nach der doch jetzt gesucht werde! Und wie Krückenpatrick damit davongekrückt sei, habe er, Corsin, eben dummerweise niesen müssen! Und Krückenpatrick sei erstarrt und habe sich umgedreht mit grossen Augen. Und Corsin sagt, er wisse nicht warum, aus einem Reflex heraus oder so, aber da sei er losgerannt so schnell er konnte. Am See, am Bast vorbei in Richtung Baugrund, über den Zaun gehechtet und seither verlasse er sein Lager nicht mehr, weil er solche Angst habe.
Zum Glück bringe ihm Julia ab und zu das Nötigste vorbei. Ganz alleine und bald wohl auch tot sei er. Der arme Junge beginnt zu weinen. Rita tätschelt ihm die Schulter.
Gestern seien nun alle Angelfischer verhaftet worden

und er sei sich sicher, dass sich Krückenpatrick an ihm rächen werde! Weil er wisse, dass der den Fuss weggebracht hat ... Und ihm werde niemand glauben ...
Rita und ich schauen uns an. Sie will gerade zu ihrem Handy greifen, aber ich lege meine Hand auf ihren Arm und sie lässt es sein. Natürlich wollte sie schon wieder die Schmier anrufen, aber nun stimmt sie mir zu, dass ich mich besser direkt bei der Frau Gemeinderätin melden werde.

*

Wieder zurück im Park führe ich Rita zum hinteren Bast, um ihr die Stelle zu zeigen, wo ich Fuss und später Leiche fand. Stumm gehen wir den Weg weiter, als ich den schrecklichsten Fund überhaupt machen muss.
Da liegt die Ente, von einzelnen Blättern bedeckt. Sie ist tot.
Das ist nun vollends zu viel für meine Gerhardsche Seele. Dass sie jetzt, da doch alles gut werden wird, da der Park zu seiner Ruhe finden wird und die Ente glücklich hätte weiterleben können, dass sie das nicht mehr erleben wird! Ich knie neben ihr nieder und Tränen fallen auf den Boden des Parks.

*

Eine schmale Rauchfahne steigt vom See in den Himmel, da, wo die Ente in ihrem kleinen Boot aus Bast ins Jenseits treibt.
Ich sitze neben Rita auf der Bank. Wir schweigen und schauen dem armen Tier nach.
Müde und erschlagen bin ich.

Und doch, als Rita ihre weiche Hand auf meine legt, fühle ich mich zum ersten Mal wie zu Hause, obwohl ich ja gar nie woanders war als hier.

Die Autorin dankt:
Atelier Mondial, C. und A. Kupper-Stiftung, Jugendkulturpauschale Basel-Stadt, Literarisches Colloquium Berlin, Literaturkommission der Stadt Bern, Literaturkommission des Kantons Bern, Marc Baumann, Ursula Meier-Grunder, Hanne Reinhardt, Helge Pfannenschmidt, geduldigster Lektor der pandemischen Jahre 20-21, Gianna Molinari, Benjamin von Wyl, Katja Brunner, Michelle Steinbeck, Mariann Bühler, Nicolas Streit, Nina Fravi, Paula Fricke, RAUF, Sebastian Steffen, Sabina Gmurczyk, Irina Bregenzer, Samuel Kalbermatten, Schweizerisches Literaturinstitut Biel, Tante Tina, Tonnie Meewis, Ilka Winkler, Karina Fenner und Leif Greinus von Voland & Quist und allen, die ein bisschen so sind wie Gerhard. Trinkt nicht zu viel Whiksy!

Auflösung des Rätsels auf den Seiten 9-118:

Natürlich ist Krückenpatrick der Mörder. Die Leiche im See ist der Halbbruder von Krückenpatrick. Krückenpatricks Vater in Kolumbien, den er seit seinem neunten Lebensjahr nicht mehr gesehen hatte, ist nämlich gestorben. Patrick hat von seinem Vater nichts geerbt, der Bruder, der sich sein ganzes Leben lang vom Vater hatte durchfüttern lassen, dafür alles. Und als er das Erbe aufgebraucht hatte (der Bruder hatte ein Drogenproblem und von daher hohe Fixkosten) reiste er in die Schweiz, um sich in die Obhut der grösseren Bruders, Krückenpatrick, zu begeben, dass der von nun an für ihn sorge. Krückenpatrick war darüber sehr erbost und weil es später Abend war und niemand sonst im Park, begann er mit seiner Krücke auf den Bruder einzuschlagen. Der Bruder, von langjährigem Drogenkonsum stark geschwächt, erlitt wohl innere Blutungen, jedenfalls starb er. Krückenpatrick versenkte die Leiche im See und beschwerte sie mit Steinen. Von da an betrank er sich noch fürchterlicher als davor.

Er hatte kein schlechtes Gewissen, weil er davon überzeugt war, dass der Bruder das verdient habe. Aber weil er Angst hatte, dass Grimsel und die anderen Hunde die Leiche riechen und so finden könnten, streute er Rattengift im Park. Vermengt mit Wurstresten, die Hausi Hinteregger überall hinterlässt. Die Graugans hat per Zufall Rattengift gegessen (ohne Salami).

Als der Fuss plötzlich im Gebüsch neben dem Vereinshaus auftauchte, bekam Krückenpatrick dann richtig Angst. Er beschloss, so zu tun, als hätte er den Fuss gefunden. Um den Fokus weg von sich und den Angelfischern zu rücken, entwendete er ihn wieder und warf ihn in den Stadtfluss.

Dass die Ente gefangen gehalten wurde, hat nichts mit dem Fall zu tun. Kevin quält einfach gerne Tiere.